Printed by Libri Plureos GmbH in Hamburg,
Germany

9 789358 726923

کالی آندھی

(ناول)

کملیشور

© Taemeer Publications LLC
Kaali Aandhi *(Novel)*
by: Kamleshwar
Edition: November '2024
Publisher :
Taemeer Publications LLC (Michigan, USA / Hyderabad, India)

ISBN 978-93-5872-692-3

9 789358 726923

مصنف یا ناشر کی پیشگی اجازت کے بغیر اس کتاب کا کوئی بھی حصہ کسی بھی شکل میں بشمول ویب سائٹ پر اَپ لوڈنگ کے لیے استعمال نہ کیا جائے۔ نیز اس کتاب پر کسی بھی قسم کے تنازع کو نمٹانے کا اختیار صرف حیدرآباد (تلنگانہ) کی عدلیہ کو ہو گا۔

© تعمیر پبلی کیشنز

کتاب	:	کالی آندھی (ناول)
مصنف	:	کملیشور
صنف	:	فکشن
ناشر	:	تعمیر پبلی کیشنز (حیدرآباد، انڈیا)
سالِ اشاعت	:	۲۰۲۴ء
صفحات	:	۱۰۸
سرورق ڈیزائن	:	تعمیر ویب ڈیزائن

کچھ کالی آندھی کے بارے میں

اس کالی آندھی کو لے کر ملک میں طرح طرح کے اور بڑے بڑے طوفان کھڑے ہوئے۔

اصل میں مجھے یہ ناول لکھنے کی ضرورت اس وقت محسوس ہوئی جب ملک میں جاگیر داروں، راجاؤں اور رجواڑوں کی ایک سیاسی پارٹی۔ سوتنتر پارٹی کے نام سے میدان میں اتری۔ اتفاق سے میں اس وقت جے پور گیا ہوا تھا۔ جے پور میں ایک نظارہ سامنے آیا۔

مہارانی گایتری دیوی سوتنتر پارٹی کی کنڈیڈیٹ کے طور پر الیکشن لڑنے کے لیے اپنے نام کا اعلان کر چکی تھیں۔ جس دن میں جے پور میں تھا، اس دن مہارانی گایتری دیوی اپنی انتخابی مہم کا آغاز کر رہی تھیں۔ وہ اپنے محل سے ننگے پیر، سر پر گنگا جل کا کلس اور ہاتھ میں ننگی تلوار لیے ہنومان جی کے مندر تک جا رہی تھیں اور لاکھوں کی تعداد میں لوگ اپنی مہارانی کو دیکھنے کے لیے امڈے پڑ رہے تھے۔

اس ڈرامائی نظارے نے میرے دل میں یہ خیال پیدا کیا کہ اگر کوئی عورت سیاست میں اترے تو کیا ہوگا؟ یہ معمولی سا خیال اس وقت آیا تھا۔

میں جاگیر داروں، راجاؤں اور رجواڑوں کی اس نئی پارٹی کے بارے میں سوچتا رہا اور میرے سیاسی ضمیر نے یہ کہا کہ ان طاقتوں کی جم کر مخالفت کرنی چاہیے۔

میں عملی مخالفت کے لیے راجستھان کے اجمیر شہر میں مرحوم ہری بھاؤ اپادھیائے کے انتخابی علاقے میں پہنچ گیا اور وہاں ایک والنٹیر کے طور پر گھومتا بھی رہا اور سوچتا بھی رہا۔ انتخاب کے تجربوں کی ایک ڈائری بھی میں نے رکھی، جو اس ناول کے لکھنے میں بہت کام آئی۔ یہ تو اوپری باتیں ہیں۔ کہیں اندر یہ ناول لکھنے کے لیے میں گہری تلاش میں بھی لگا رہا.... اور سیاست کی دنیا کے ہتھکنڈوں، سچائیوں اور مجبوریوں کو دیکھتے دیکھتے اور ان پر.... وہاں ریگستان میں پڑے سوچتے سوچتے ایک بات پکڑ میں آئی کہ سیاست کے لیے کامیابی ایک اہم ضرورت ہے اور کامیابی کے بعد کامیابی کو نباہے رکھنا اس سے بھی زیادہ ضروری....! اور اس جدوجہد اور کامیابی کی دوڑ میں کتنی انسانی قدریں، جذباتی تعلقات اور انفرادی خوبصورت لمحے تحس نحس ہو جاتے ہیں.... یہ کامیابی کی قیمت اور مجبوری ہے!

اس انسانی نقطے کو پکڑنے کے بعد میں نے دہلی لوٹ کر یہ ناول لکھنا شروع کر دیا اور چار دنوں میں یہ پورا ہو گیا۔

اس کے بعد کئی طوفان آئے.... شائع ہونے کے بعد اس کا ترجمہ کئی ہندوستانی زبانوں میں ہوا۔ ساتھ ہی اس پر 'آندھی' نام سے فلم بھی بنی۔ فلم کی بہت تعریف ہوئی۔ تبھی حکومت کے کان کھڑے ہوئے کیونکہ مدراس میں ایک بہت بڑا ہورڈنگ تیار ہوا اور اس میں 'آندھی' اور 'دیوار' دونوں فلموں کے متعلق چبھنے بینر کے ساتھ لکھا گیا کہ کیا 'دیوار' حاجی مستان کی کہانی ہے؟ اور کیا 'آندھی' اندرا گاندھی کی کہانی ہے؟ اندرا جی ان دنوں ملک کی وزیر اعظم تھیں اور یہ ہنگامہ اٹھتے ہی 'آندھی' فلم پر بین لگا دیا گیا۔ ماسکو فلم فیسٹیول میں اس کی نمائش کو تار دے کر روکا گیا اور ملک میں پریشانیوں کا دور جاری رہا۔

بہر حال، یہ لمبا قصہ ہے....

قصہ مختصر یہ کہ جب میں سن ۸۰ء میں حکومت میں آیا تو شریمتی اندرا گاندھی نے ملاقات کے لیے ۱۵ منٹ کا وقت دیا اور میں نے بہت خاکساری سے انھیں آگاہ کیا کہ میڈم میں ٹیلی ویژن کی ذمہ داری تو سنبھال لوں گا لیکن آپ کو یہ بتا دینا ضروری ہے

کہ میں وہی کملیشور ہوں جس نے 'آندھی' فلم لکھی تھی... بتانا اس لیے ضروری ہے کہ میرے متعلق بعد میں یہ بات نہ اٹھے اور آپ کو کسی طرح کے افسوس کا احساس نہ ہو۔

اس پر شریمتی گاندھی نے اتنا ہی کہا... 'آندھی' فلم تو اچھی تھی، غلط فہمی تو آس پاس کے لوگ پھیلا دیتے ہیں۔ میں نے اس فلم کو خود دیکھا تھا۔

میرے لیے یہ اطلاع حیرانی میں ڈالنے والی تھی۔ میں نے اتنا ہی ان سے پوچھا... 'آندھی' فلم آپ نے کب دیکھی تھی؟

انھوں نے کہا.... الہ آباد ہائی کورٹ میں جب میرے الیکشن کو لے کر میرے خلاف مقدمہ چل رہا تھا.... انہیں دنوں ہائی کورٹ آنے جانے کے درمیان کے وقت میں میں نے اسے دیکھا تھا.... اور فلم کو پسند بھی کیا تھا! ان باتوں کو بھول جائیے۔ اور اتنا کہہ کر وہ ہنس دی تھیں!

شاید یہی ان کی گہری سمجھداری تھی.... اور اسی طرح وہ ادیبوں کی عزت کرتی تھیں.... اور انہیں آزادی دیتی تھیں، تخلیقی آزادی، جسے وہ کچلنا نہیں چاہتی تھیں۔ ہو سکتا ہے یہ میرا ذاتی تجربہ رہا ہو، اوروں کا کچھ اور ہو۔

تب سے اور زیادہ کھل کر اپنے وقت اور اس کی سچائی کو پکڑنے اور بے لاگ طریقے سے کہنے پر میرا یقین اور زیادہ مضبوط ہو گیا ہے!

کتنا مضبوط ہوا ہے یہ تو اگلے ناول یا افسانے ہی بتائیں گے!

کملیشور

۲۸- پراگ اپارٹمنٹ
جے پی روڈ۔ ورسوا۔ بمبئی

★ ★ ★

جگی بابو میرے دوست ہیں۔ ہوٹل گولڈن سن کے منیجر۔ ہوٹل کے منیجروں کے متعلق طرح طرح کی اچھی بری باتیں رہتی ہیں، مگر جگی بابو اس پیشے میں اپنی قسم کے اکیلے آدمی ہیں۔ مجھے معلوم ہے کہ انہوں نے اپنی زندگی کو کیوں ایک جگہ روک رکھا ہے۔ کہنے کے لیے کچھ بھی کہا جا سکتا ہے۔ مگر آدمی کی تکلیف کی اصلیت جاننا شاید بہت مشکل ہوتا ہے۔

اوروں کی کیا کہوں، اب تک خود اپنے گھر میں میں یہ ثابت نہیں کر پایا کہ جگی بابو کے اندر ایک ایسا انسان بیٹھا ہوا ہے جو اپنے لیے نہیں، دوسروں کے لیے روتا ہے ..... سچ کہوں، تو مالتی کے لیے روتا ہے۔ مالتی کے لیے یہ آدمی اپنی زندگی کو ایک جگہ پکڑ کر بیٹھ گیا ہے ــــ نہ زندگی کو آگے بڑھنے دیتا ہے، نہ پیچھے ہٹنے دیتا ہے۔

کبھی آپ جگی بابو کے کمرہ میں جائیے۔ ہوٹل گولڈن سن کے ٹیرس پر بنے دو کمروں کے اپارٹمنٹ میں وہ اکیلے رہتے ہیں۔ منیجر ہیں، اس لیے انہیں وہیں رہنے کے لیے جگہ بھی مل گئی ہے۔ ان کے کمرہ میں دو خاص چیزیں ہیں: ایک ڈبا، جس میں ان کی پیاری بٹیا ٹلی کے خط رکھے ہیں اور دوسری ہے ایک گھڑی،

جو ہمیشہ بند رہتی ہے۔ وقت کو ناپتے ناپتے ایک دن وہ اچانک رک گئی۔ جگّی بابو نے اسے چلایا نہیں۔ نہ اسے چابی دی۔

میں نے ایک دن اُن سے پوچھا تھا — یہ گھڑی خراب ہو گئی ہے؟ جب آتا ہوں، ہمیشہ ایک ہی وقت پر اٹکی ملتی ہے! جگّی بابو مسکرا دیئے تھے — پھر بولے تھے — کیا یہ ضروری ہے کہ گھڑی خراب ہو جائے تبھی رُکے! اسے کسی خاص وقت پر خود بھی تو روکا جا سکتا ہے.....

— تو اسے چلایا بھی جا سکتا ہے!

وہ پھر پھیکی سی ہنسی ہنسے تھے — تم بھی کیا بات کرتے ہو! وقت چلتا ہے.... یہ گھڑی چلتے بدلتے ہوئے وقت کو صرف ناپتی ہے۔ اور وقت کو ناپنے کی خواہش اب مجھ میں نہیں ہے....

تو وقت کو بدل ہی دو...

— بدلنے کی طاقت سب میں نہیں ہوتی.... جن میں ہوتی ہے وہ بھی وقت کو بدلتے بدلتے خود بدل جاتے ہیں۔ ... وہ، جن کے پاس یہ طاقت ہے، شاید وقت کو بدلنا ہی نہیں چاہتے.. .. صرف وقت کا استعمال کرنا چاہتے ہیں۔

میں جان رہا تھا کہ جگّی بابو کے بھیتر کون سی چوٹ بول رہی تھی۔ ایک طرح سے کہیں تو یہ بہت ذاتی چوٹ ہے مگر کھلی آنکھوں سے دیکھیں تو یہ سب کی چوٹ ہے۔

ایک طرح سے اب میں بھی سیاست میں ہوں۔ قریب قریب ان ہی دنوں سے، جب سے مالتی جی سیاست میں آئیں۔ یوں تو میں مالتی کو بچپن سے ہی جانتا رہا ہوں۔ میں مالتی جی کے والد بیرسٹر پرتاپ رائے کے دفتر میں اسسٹنٹ تھا اور وہیں سے مالتی جی کے خاندان کے ساتھ ہمارا ایک رشتہ شروع ہوا تھا۔ پرتاپ رائے جی کی موت کے بعد، یا کہوں کہ مالتی جی کی شادی کے بعد میرا تعلق کچھ ٹوٹ گیا۔ پرتاپ رائے جی کی موت کے بعد میں انکی جائداد کی دیکھ بھال کرتا رہا۔ جب مالتی جی سیاست میں آئیں تو انہوں نے ایک معاون کے طور پر مجھے پھر سے اپنے پاس بلا لیا۔ تب سے میں مالتی جی کے ساتھ ہوں۔

جگّی بابو سیاست کی باتوں میں نہیں پڑتے۔ سمجھتے سب ہیں، مگر بات کیجیے تو کتراتے ہیں۔ ایک بار کہہ دیا تو چڑھ کر بولے تھے — یار، تمہاری یہ سیاست بڑی گھٹیا چیز ہے... تم لوگوں نے اسے

نہایت بے ہودہ بنادیا ہے۔ تم لوگ صرف چیزوں کا بخوبی استعمال کرنا جانتے ہو! .... سیلاب آئے تو اسے استعمال کرو، سوکھا پڑے تو اسے استعمال کرو، کہیں کوئی لڑکی بھاگ گئی تو اس کے بھاگنے کی واردات کو استعمال کرو .... کہیں کوئی مرگیا تو اس کی موت کو استعمال کرو ... تم لوگوں نے آدمی کے آنسوؤں اور جذبات تک کو نہیں چھوڑا .... اس کی امیدوں اور خوابوں تک کو نہیں بخشا .... اس سے زیادہ گھٹیا بات اور کیا ہوسکتی ہے کہ دکھی اور مصیبت زدہ انسانوں کے خوابوں تک کا استعمال تم نے کرلیا .... خدا کے لیے، اس کے خواب تو اس کے لیے چھوڑ دیئے ہوتے ... تاکہ وہ اپنی بدحالی اور مصیبتوں کے درمیان خوابوں کے سہارے تو جی لیتا ..... تم نے ... تم نے اس کے خوابوں کو نعرے بناکر نچوڑ دیا! اب کیا بچا ہے آدمی کے پاس؟ خیر چھوڑو ... کہاں کی باتیں لے بیٹھے .....

زیادہ تر جگّی بابو باتوں کو ٹال جاتے ہیں۔ مالتی جی کی بات کرو تو بھی شامل نہیں ہوتے، ایسے جتاتے رہتے ہیں جیسے مالتی جی سے انہیں کچھ بھی لینا دینا نہ ہو۔ جیسے وہ ان کی زندگی میں کبھی آتی ہی نہ ہوں۔

مالتی جی ایک دھماکے کے ساتھ سیاست میں آئیں۔ کامیابی کی سیڑھیاں چڑھتی ہوئی جہاں سے انہوں نے شروع کیا، وہاں سے پیچھے مڑکر دیکھنے کی ضرورت انہیں نہیں پڑی۔ پہلا انتخاب انہوں نے میونسپل بورڈ کمیٹی کا لڑا ..... ہنگامہ بہت ہوا۔ طرح طرح کی افواہیں پھیلیں۔ شاید اس لیے اور بھی زیادہ کہ جگّی بابو بھوپال میں ایک ٹورسٹ ہوٹل چلاتے تھے۔ جب پہلی بار مالتی جی نے گھر سے باہر قدم رکھا تو جگّی بابو بہت خوش ہوئے تھے۔ کوئی بحث کرنے لگے اور کہنے لگے۔ جگّی بابو، اس انتخاب میں تو آپ کو کھڑا ہونا چاہیئے تھا! تو وہ تپاک سے کہتے تھے۔ ملک کی تعمیر میں عورتوں کو بھی آگے آنا چاہیئے عزیزمن یعنی ہماری آدھی آبادی جب تک اس تعمیر میں ہاتھ نہیں بٹائے گی، تب تک ہر کام کی اسپیڈ آدھی رہے گی ... یہ بے حد ضروری ہے کہ ہمارے گھروں کی عورتیں آگے آئیں اور ہر کام میں مردوں کا ہاتھ بٹائیں ....

اور پہلی بار جگّی بابو اور مالتی جی کے قدم گھر کی دہلیز سے ساتھ ساتھ باہر آئے تھے۔

نوکر بندا بتاتا تھا کہ مالکن بہت ڈر رہی تھیں اور جگّی بابو انہیں ہمت بندھا رہے تھے ـــــ اور اسپیچ دینے میں کیا رکھا ہے؟ یہ دیکھو میں نے تمہاری اسپیچ لکھ دی ہے ... اسے رٹ لو، بس ....

مالتی جی کمرے میں گھوم گھوم کر اسپیچ رٹتی رہی تھیں اور جگہ جگہ پر اٹک کر پوچھتی جاتی تھیں ـــ یہ کیا لفظ ہے؟

۔ یہ ٹرمینل ٹیکس یعنی محصول ۔۔۔۔ چنگی جو ٹیکس لگاتی ہے۔ پورا سینٹینس اس طرح بولنا۔ گاؤں سے شہر آنے والے مال پر جو ٹرمینل ٹیکس یعنی چنگی کا محصول لگتا ہے، وہ آخر تو وہی غریب کسان دیتا ہے جو ہمیں زندہ رکھتا ہے! میرا وعدہ ہے کہ میں اپنے غریب کسان اور گاؤں والے بھائیوں کی بھلائی میں اس چنگی کے محصول کو ختم کروں گی ۔۔۔۔ سمجھیں، یہاں پر تالیاں بجیں گی، تب ایک منٹ رکنا اور آگے بولنا شروع کرنا ۔۔۔۔ تو میرے اس کھجوراہو کے بھائیو اور بہنو!

اور یہ سلسلہ ایک بار جو چلا تو پھر رکنے میں نہیں آیا۔ کامیابی مالتی جی کے قدم چومتی چلی گئی۔ آواز گونجتی رہی، ایک انتخاب سے دوسرے انتخاب تک۔ چنگی کی ممبری سے پارلیمنٹ کے انتخاب تک۔ میں نے مالتی جی کی ہر انتخابی مہم میں ہاتھ بٹایا ہے اور وہ آوازیں اب تک میرے کانوں میں گونج رہی ہیں جو ایک دن کھجوراہو میونسپل بورڈ کے انتخاب سے شروع ہوئی تھیں۔ میرے اس غریب کھجوراہو شہر کے بھائیو اور بہنو! میرے ضلع کے بھائیو اور بہنو! میرے صوبے کے بھائیو اور بہنو! میرے ملک کے بھائیو اور بہنو! یہ آواز پھیلتی گئی۔ آواز کا دائرہ بڑھتا گیا۔ آواز کی گونج گہراتی گئی۔ اور جگی بابو ہر بار اس پھیلتی آواز کے ساتھ ساتھ پیچھے چھوٹتے گئے۔ پہلی بار جب مالتی جی جیتیں تو شہر کے عوام نے ان کا استقبال کرنے کے لیے ایک جلسہ کیا تھا۔ دونوں ایک ہی جیپ پر ساتھ ساتھ بیٹھ کر آئے تھے۔ اسٹیج پر مالتی جی اور جگی بابو ایک ساتھ ہی بیٹھے تھے۔ بندہ ہار سنبھالے ہوئے تھا۔

ضلع کونسل کا انتخاب جیتنے پر پھر استقبالیہ جلسہ ہوا تھا۔ کاروں کی قطار میں اس بار جگی بابو پیچھے آنے والی کار میں تھے اور ہار گود میں رکھے بیٹھے تھے۔ اسمبلی انتخاب میں جیتنے کے بعد مالتی جی بری طرح سے گھری ہوئی تھیں۔ جگی بابو کاروں کی قطار میں سب سے پیچھے والی کار میں تھے اور اسٹیج پر جب چڑھنے لگے تھے تو ایک والنٹیر نے انھیں روک دیا تھا۔ وہ ہچکچا کر بولے تھے۔ ارے بھائی، ہیں، مالتی جی کا۔۔۔ والنٹیر نے اپنے جوش میں جواب دیا تھا۔ ہاں، ہاں، یہاں سبھی مالتی جی کے گھر والے ہی ہیں۔ ہٹیے۔۔ نیچے اتریئے۔ میری نگاہ نہ پڑتی تو جگی بابو بے عزت ہو کر سیڑھیوں سے اتر ہی گئے ہوتے۔ والنٹیر کو ڈانٹ کر میں انہیں اسٹیج پر لے آیا تھا۔ کرسیاں نہیں تھیں تو ایک مونڈھے کا انتظام کر کے انہیں بٹھا دیا تھا۔ وہ بیٹھے تو رہے تھے، مگر بے حد بجھے ہوئے تھے۔ کامیاب ہونے والے کے چاروں طرف کیسے مجمع جٹتا ہے اور سبھی لوگ کیسے اس سے دور ہوتے جاتے ہیں، اس کی جیتی جاگتی مثال جگی بابو ہیں۔

ان کا البم اٹھا کر دیکھیے۔ اس دردناک سچائی کی داستان تصویریں ہی بتا دیں گی۔ تصویروں میں سے جھانکتا جگی بابو کا ہنستا کھلکھلاتا اور خوشی سے بھرا چہرہ خاموش اور اداس ہوتے ہوئے ایک دن بالکل غائب ہو جاتا ہے۔

اور تب وہ سارا وقت اپنے کھورا ہو والے ہوٹل میں ہی گذارنے لگے تھے۔ افواہیں بھی پھیلی تھیں کہ جگی بابو کا ہوٹل ہوٹل نہیں، وہ تو لوگوں کو پٹانے کی شکارگاہ ہے۔ کہ جگی بابو نے اپنی بیوی کو اوروں کے لیے چھوڑ دیا ہے...... آخر پیسہ بنانے کے لیے کچھ تو کرنا پڑے گا.... یہ سالا اپنی بیوی کو داؤں پر لگا بیٹھا ہے!

کھورا ہو والے ہوٹل میں ان دنوں کئی بار جگی بابو سے میری باتیں ہوئی ہیں۔ وہ دونوں طرف سے دکھی تھے مالتی کو لے کر بھی اور ان افواہوں کو لے کر بھی۔ اور ایک دن مالتی جی سے ان کا جھگڑا ہوا تھا۔ مالتی جی نے ان سے کہا تھا— آپ یہ ہوٹل بند کر دیجیے۔

— لیکن کیوں؟ جگی بابو چیخے تھے۔

— اس لیے کہ میں پبلک میں یہ سننا نہیں چاہتی کہ ہم لوگوں نے ہوٹل کو بہانا بنا رکھا ہے۔ کہ یہ ہوٹل ہماری کالی آمدنی کا ذریعہ ہے.... کہ یہ گندے کاموں کے لیے استعمال ہوتا ہے..... اس سے میری پبلک امیج پر دھبا لگتا ہے.....

— لیکن مالتی...... جینے کے لیے آمدنی کا یہ ایک عزت دار ذریعہ ہے....

— اور میری بدنامی کا بھی یہی ایک ذریعہ ہے۔

— آخر میں کچھ کروں گا یا نہیں ہے مجھے جینے اور کام کرنے کا حق ہے یا نہیں.... تم سمجھتی کیوں نہیں......

— سمجھتی تو ہوں مگر سیاست کی اس دنیا میں صاف چہرے رکھنے کے لیے بہت نقصان بھی اٹھانے پڑتے ہیں اور ہوٹل کا بند ہونا کوئی اتنا بڑا نقصان نہیں ہے کہ.... آپ میری خاطر اتنا بھی نہ کر سکیں۔

— پھر میں کروں گا کیا؟

— کیوں میرے ساتھ میرے کام میں ہاتھ نہیں بٹا سکتے؟ اتنے غیر لوگ ساتھ رہ کر کام کرتے ہیں۔ کتنی چیزوں کو سنبھالنا پڑتا ہے۔ آپ دس کمیٹیوں کے ممبر ہو سکتے ہیں... غیر لوگ مجھ سے فائدہ اٹھا سکتے ہیں مگر آپ کے لیے میں کسی لائق نہیں؟

— میں تمہارا پتی ہوں.... فائدہ اٹھا سکنے والا غیر آدمی نہیں.... میں تم سے فائدہ اٹھاؤں گا؟ سوچو،

کیا بات کہی ہے تم نے ؟

کوئی غلط بات تو نہیں کہی۔ اگر ایک عورت اس لائق ہو جائے تو اس میں پتی پتنی کا رشتہ .....

— کیا کہہ رہی ہو تم ؟

— رشتے کاموں کو آسان کرنے کے لیے ہوتے ہیں.... بیڑیاں ڈالنے کے لیے نہیں۔ سہی بات یہ ہے کہ آپ ابھی تک میری اس خدمت اور قربانی کی زندگی، پبلک سروس کی زندگی سے اپنے کو جوڑ ہی نہیں پائے ہیں۔

— سہی بات کہوں مالتی ۔ اب تمہیں رشتوں کی ضرورت ہی نہیں رہ گئی ہے .... ناحق انہیں ڈھوتے جانے سے اب تمہیں کچھ حاصل ہونے والا نہیں ہے ۔

مالتی نے انہیں غصے سے بھری آنکھوں سے دیکھا تھا۔ اور اتنا ہی بولی تھیں — خیر... یہ سب ڈسکس کرنے کا وقت میرے پاس نہیں ہے۔ چیف منسٹر چھترپور آنے والے ہیں اور ان کے آنے سے پہلے مجھے تمام کام کرنے ہیں.... سات آٹھ دن چھترپور سرکٹ میں بنا چلی جاؤں گی ۔

— مجھے ضرورت ہوگی تو تمہارے سیکریٹری سے سب پروگرام معلوم کرلوں گا۔

اور چلتے چلتے مالتی جی نے اتنا ہی کہا تھا — میں ہوٹل والے کی بیوی کہلاتی رہوں .... یہ آپ کو گوارا ہے تو ٹھیک ہے!

— تو تم کس کی بیوی کہلانا پسند کرو گی ؟

— کیسی باتیں کرتے ہیں آپ .... میرا مطلب آپ اچھی طرح سمجھ رہے ہیں۔ مجھے امید ہے کہ آپ ....

— کوشش کروں گا... مگر جانے سے پہلے ایک بات کہہ دینا چاہتا ہوں۔ میں سوچتا ہوں للی کو کسی ہوسٹل میں ڈال دوں تاکہ ہماری روز روز کی جھنجھٹ اور ٹوٹتی ہوئی زندگی کی تکلیف کے سائے سے وہ الگ رہ سکے۔

— یہ ہر بار للی کا واسطہ دے کر مجھے کمزور بنانے کا ذریعہ آپ نے خوب ڈھونڈھ رکھا ہے۔ جب دیکھو تب للی! اپنی مرضی کی بات منوانے کے لیے آپ ہر بار للی کو آگے کر دیتے ہیں۔ آئندہ سے آپ للی کو پاسنگ بنانا بند کیجئے !

— میں للی کو پاسنگ بناتا ہوں ؟

— اور نہیں تو کیا؟

— مالتی.... تم سمجھتی ہو میں دھمکی دیتا ہوں! میں بے چارہ ہوں.... پر میں کہے دیتا ہوں! میں تو جاؤں گا ہی، للی کو بھی تمہاری زندگی سے کہیں بہت دور لے کر چلا جاؤں گا....

— ہوں! پھر وہی دلیل! وہی واسطہ دینے کی عادت!

— اس بار میں کر کے دکھاؤں گا... تم سمجھتی ہو، مجھ میں کچھ بھی کرنے کی طاقت نہیں رہ گئی ہے!

— کاش وہ دن دیکھنے کو ملتا!

— ٹھیک ہے! ٹھیک ہے!.... جگّی بابو غصّے سے اُبل رہے تھے۔ میں لاچار نہیں ہوں! میری بچّی لاچار نہیں ہے....

تبھی دروازے پر دستک ہوئی۔ مالتی جی سمجھ گئیں تھیں کہ ان کا سیکرٹری جگت سنگھ ہوگا۔ گھڑی پر نظر ڈال کر انہوں نے اتنا ہی جگّی بابو سے کہا تھا۔ اب یہ ناٹک بند کیجئے.... بہت بار دیکھ چکی ہوں.... اور ایک دم محتاط ہو کر انہوں نے جگت سنگھ کو آواز دی تھی — بس کم ان.... اور ایسے ہو گئی تھیں جیسے کچھ ہوا ہی نہ ہو۔ جگت سنگھ کچھ ضروری تارلے کر آیا تھا۔ ڈائری اس کے ہاتھ میں تھی۔ مالتی جی تاروں کو دیکھتی رہی تھیں اور جگّی بابو چپ چاپ کمرہ سے باہر نکل گئے تھے۔

اور اس دن کے بعد سے سب کچھ ایک دم تحس نحس ہو گیا تھا۔ ہم چھتر پور پہونچے تھے۔ مالتی جی کا دو ہفتے کا دورہ تھا۔ انہیں مہلا سیوا دل کی تشکیل کرنی تھی۔ تعریف کروں گا مالتی جی کی بھی۔ پورے دورے میں کبھی پتہ نہیں لگا کہ وہ کتنا بڑا طوفان دل میں دبائے ہیں۔ آخر اپنی بچّی کا خیال تو انہیں آتا ہی ہوگا۔

ان کے نوکر ہند آنے چھتر پور آ کر خبر دی تھی کہ جگّی بابو نے کھجوراہو کے ہوٹل میں تیسرے دن ہی تالا ڈال دیا تھا اور للی کو لے کر وہ کہیں چلے گئے تھے۔ ایک لمحے کے لیے وہ اداس ہوئی تھیں۔ انہوں نے آنکھیں بند کر کے اپنے آنسو چھپائے تھے اور بچّوں کے یتیم خانہ کی نئی عمارت کا افتتاح کرنے چلی گئی تھیں۔

یتیم خانہ میں تیس چالیس بچّے تھے۔ کھپریل کی چھوٹی سی عمارت تھی۔ یتیم بچّوں کا اپنا بینڈ تھا اور وہ بچّے مالتی جی کے خیر مقدم میں، ان کے پہونچتے ہی پر ارتھنا گانے لگے تھے۔

لب پہ آتی ہے دعا بن کے تمنا میری ، زندگی شمع کی صورت ہو خدایا میری!

دور دنیا کا مرے دم سے اندھیرا ہو جائے! ہر جگہ میرے چمکنے سے اجالا ہو جائے!
ہو مرے دم سے یونہی میرے وطن کی زینت جس طرح پھول سے ہوتی ہے چمن کی زینت

مالتی جی کی آنکھوں میں رہ رہ کر آنسو آ رہے تھے اور وہ چھوٹے چھوٹے بچوں کو پیار سے رہ رہ کر گلے سے لگا لیتی تھیں — ایک فوٹو گرافر بار بار فوٹو لے رہا تھا..... اور وہاں جمع ہوئے لوگ مالتی جی کی ممتا دیکھ دیکھ کر جذباتی اور خوش ہو رہے تھے۔ ان کے چہروں پر مالتی جی کی ممتا کے لیے تعریف کی چمک تھی۔ مگر میں جان رہا تھا کہ یہ کون سی ہلچل تھی..... اور مالتی جی کی آنکھیں رہ رہ کر کیوں نم ہو رہی تھیں! پر تعریف کروں گا ان کی... کہ کتنا انہوں نے اپنے کو سنبھالا تھا اور اپنے تنہا دکھ کو۔ وہ کیسے چپ چاپ پی رہی تھیں۔

مجھے دکھائی دے رہی تھی — ایک ٹرین! اس میں بیٹھے ہوئے جگی بابو اور معصوم للی! یہ تو پتہ نہیں، وہ ٹرین کہاں جا رہی تھی، مگر اتنا معلوم تھا کہ وہ ٹرین مالتی جی سے کہیں دور، اور دور بھاگتی جا رہی تھی

اور شام کو ہی مہلا سیوا دل کی تشکیل ہوئی تھی۔ دوپہر کا یتیم خانہ والا وہ لمحہ گزر چکا تھا۔ اور مالتی جی نے اپنے کو سنبھال لیا تھا۔ میں ایک کرسی پر چپ چاپ بیٹھا سب دیکھ رہا تھا۔

عورتوں کی میٹنگ میں وہ بول رہی تھیں — آپ بہنیں کہتی ہیں کہ آپ کو وقت نہیں ملتا! میں خود کبھی نہیں کہتی کہ آپ اپنے گھر پریوار اور پتی کی خوشیوں کی قیمت پر سیاست کا کام کریں۔ یہ ضروری ہے کہ پریوار اور پتی کی پوری پرواہ کی جائے.... سماج کی خوشی کی اصل بنیاد یہی ہے..... اگر میں اپنی مثال پیش کروں تو آپ کیا کہیے گا! کون کہہ سکتا ہے کہ میرا پریوار اور پتی سکھی نہیں ہے! اور میں سماج کے کاموں کے لیے بھی پورا وقت نکالتی ہوں — تو بہنو، ہمیں ایک مہلا سیوا دل بنانا ہے.... وزیر اعلیٰ کل شہر میں آ رہے ہیں اور انھیں دکھانا ہے کہ ہم عورتیں بھی اپنا مورچہ سنبھالے ہوئے ہیں.... آنے والے چناؤ میں ہمیں بہت کام کرنا ہے.... میں چاہتی ہوں گی کہ کم از کم تیس عورتیں آگے آئیں اور دل کی تشکیل کریں.... تو پہلا نام کس کا لکھا جائے؟

کئی ہاتھ یکایک اٹھے تھے اور مالتی جی نے ایک کی طرف اشارہ کر کے پوچھا تھا — آپ کا نام؟

جواب ملا تھا — لکشمی اگروال!

اور میں نے وہیں بیٹھے بیٹھے جیسے دیکھا تھا — پنچ مڑھی کے پبلک اسکول کی پرنسپل کے سامنے

جگی بابو اور للّی بیٹھے تھے۔ پرنسپل نے پوچھا تھا۔ یس مائی چائلڈ، واٹس یور نیم!

—— للّی! ۔۔۔۔ للّی نے تتلاتے ہوئے کہا تھا۔

—— ویری سویٹ نیم! للّی! سو یو ول لو ود اس ہیر؟

—— یس! للّی بولی تھی۔

اور واپسی کا سفر۔ جگی بابو للّی کو اسکول میں داخل کرا کے لوٹ آئے تھے۔ ان کی آنکھیں نم تھیں۔ وہ بار بار کھڑکی کے شیشے کو صاف کر رہے تھے تاکہ باہر دیکھ سکیں، مگر پانی کی پرت کھڑکی کے شیشے پر نہیں، ان کی آنکھوں پر چھائی ہوئی تھی۔ انہوں نے آستین سے آنکھیں سکھالی تھیں۔ لیکن واپسی کا سفر گھر واپسی کا نہیں تھا۔ وہ کھجوراہو لوٹ کر نہیں آئے تھے۔ سیدھے بھوپال چلے گئے تھے۔

میں کس کی تعریف کروں؟ کس کو قصوروار مانوں؟ کسے غلط یا صحیح کہوں؟

ایک طرف جگی بابو ہیں اور دوسری طرف مالتی جی اور للّی؟ وہ بیچاری تو معصوم ہے۔ جگی بابو کی تکلیف گہری ہے تو مالتی جی کی آرزومندی بھی اتنی ہی گہری ہے۔ جگی بابو کا دکھ گہرا ہے تو مالتی جی کا بھی کم گہرا نہیں ہے۔ دونوں نے اپنے کو بہت سنبھالا ہے۔ مالتی جی کے چہرے پر کبھی شکن دکھائی نہیں دی۔ جگی بابو نے کبھی شکایت نہیں کی۔ کبھی بات بھی کرو تو وہ ٹال جاتے ہیں۔ کامیابی کتنی بے رحم ہوتی ہے، اس کا ناتہ کتنا گہرا ہوتا ہے، اور خود اپنی کامیابی میں آدمی کیسے قید ہو جاتا ہے، اس کی جیتی جاگتی مثال ہیں مالتی جی۔ دکھ اور ایثار کتنا ظالم ہوتا ہے اور اس میں آدمی کیسے بکھ جاتا ہے اس کی جیتی جاگتی مثال ہیں جگی بابو!

مجھے وہ دن یاد ہیں جب مالتی جی اور جگی بابو کی ملاقاتوں کا سلسلہ شروع ہوا تھا۔ یہ بات کھجوراہو کی ہے۔ یوں پرتاپ رائے جی دہلی میں رہتے تھے، اپنے پیشے کی ضرورتوں کے لیے۔ لیکن بیچ بیچ میں وہ چھٹی لے کر اپنے گھر چھتر پور آتے رہتے تھے۔ جگی بابو کھجوراہو کے رہنے والے ہیں۔ ان کا پشتینی مکان وہیں ہے۔ ایک بار گھر کے لوگ کھجوراہو گئے ہوئے تھے۔ رکنے کا انتظام جگی بابو کے گھر پر ہی ہوا تھا۔ پورا علاقہ۔ پنّا، ریواں، امیہر وغیرہ گھومنے کا انتظام وہیں سے ہوا تھا۔ تب مالتی جی کی عمر انیس بیس سال تھی۔ اگلے سال وہ پڑھائی کے لیے غیر ملک جانے والی تھیں۔

جگی بابو کی حویلی کے پاس کھجوراہو کے مندروں کے نزدیک جہاں بڑا تالاب ہے، وہیں پر گلاب کا ایک باغ ہے۔ کام کچھ کرنے کے لیے تھا نہیں، میں تالاب میں بنسی ڈالے بیٹھا تھا۔ پیچھے کھجوراہو کے

مندر تھے اور بیچ میں گلاب باغ۔ اس باغ میں کوئی کچھ باتیں کر رہا تھا یہ گلاب لال کیوں ہو جاتے ہیں؟
کس لڑکی کی آواز تھی۔
اصل میں پیلے ہوتے ہیں .... یادوں سے بھری آنکھیں جب انہیں لگا تار تاکتی رہتی ہیں، تو یہ لال ہو جاتے ہیں! لڑکے کی آواز تھی۔
— سچ! لڑکی بولی۔
— ہاں، اور انہیں یادوں بھری آنکھیں دیکھنا چھوڑ دیں، تو پھر پیلے پڑ جاتے ہیں! لڑکے نے کہا تھا۔
— سچ! لڑکی بولی تھی۔
— ہاں!
— تو میں ایک پیلا گلاب تمہیں دیتی ہوں ... دیکھوں گی، یہ لال ہوتا ہے یا نہیں؟
— نہیں، تمہارے جوڑے میں پیلا گلاب لگا دوں گا ... جب تم چھتر پور پہنچنا، تب دیکھنا۔ میری یہ یادوں بھری آنکھیں اسے ہی تاکتی رہیں گی اور یہ لال ہو جائے گا!
— سچ! لڑکی بولی تھی۔

میں نے مڑ کر دیکھا تھا۔ سورج کا لال گولا مندروں کے پیچھے ڈوب رہا تھا اور مالتی اور جگی بابو گلاب باغ سے نکل کر لکشمن مندر کی سمت جا رہے تھے۔ مالتی کے جوڑے میں ایک بڑا سا پیلا گلاب لگا تھا۔
پھر ہر روز ایک پیلا گلاب میں نے مالتی جی کے جوڑے میں دیکھا تھا، جب تک ہم کھجوراہو رکے تھے۔
چھتر پور لوٹے تو پرتاپ رائے جی آئے ہوئے تھے۔ مالتی جی کے غیر ملکی سفر کی باتیں شروع ہوئی تھیں، مگر مالتی جی نے سختی سے کہہ دیا تھا — میں کہیں نہیں جاؤں گی .... میں بھارت ہی میں رہوں گی!
پرتاپ رائے جی نے مالتی جی کو بہت سمجھایا تھا — تمہیں اپنے کیریر کا بھی خیال کرنا چاہیے۔ شادی تو کبھی بھی کر سکتی ہو .... مگر کیریر بنانے کا وقت آدمی کے پاس زیادہ نہیں ہوتا۔
لیکن مالتی جی نہیں مانی تھیں اور مالتی جی کی خواہش کے مطابق ہی ان کی شادی جگی بابو سے ہو گئی تھی۔
شادی کے قریب ایک سال بعد پرتاپ رائے جی کی موت ہو گئی تھی اور دو تین سال ان کی جائداد کی دیکھ بھال میں نے کی تھی، اس کے بعد جب مالتی جی نے سیاست کے میدان میں قدم رکھا تھا، تو مجھے کھجوراہو بلا لیا تھا۔ تبھی سے سیاست کی دنیا سے میرا تعارف ہوا اور مالتی جی کے سر کامیابی کا جو پہلا سہرا بندھا، وہ آج تک اترا نہیں۔

کامیابی ان کے قدم چومتی چلی گئی اور یہ کامیابی کچھ اس رفتار سے آئی کہ ان کی اور جگی بابو کی زندگی کو توڑتی، چھوڑتی نکل گئی۔

بیچ کے کئی سال اسی نشے میں نکل گئے۔ جگی بابو بھوپال میں جا کر گولڈن سن کے اسسٹینٹ مینیجر ہو گئے پھر بڑھتے بڑھتے مینیجر ہوئے اور وہیں رہنے لگے۔ لِلی بیچ مڑھی میں پڑھتی رہی۔ اسے اپنی ماں سے ملنے کا موقع ہی نہیں ملا اور مالتی جی انتخاب جیتتی جیتتی ایک دن منسٹر ہو گئیں!

بیچ کے کچھ سال خاموشی کے سال ہیں۔ یا یوں کہیے کہ مالتی جی کی کامیابی کے سال ہیں اور جگی بابو اور لِلی کے لیے تنہائی کے سال ہیں۔ مالتی جی میں حیرت انگیز خود اعتمادی اور تحمل ہے۔ ایسے موقعے بہت کم آئے ہیں جب ان کی ذاتی زندگی کے درد کا احساس کسی کو ہوا ہو۔ لِلی کو لے کر بھی انہوں نے کبھی زیادہ بات نہیں کی۔ شاید انھیں بھروسا تھا کہ زندگی میں وہ جب بھی چاہیں گی، لِلی کو بھی جیت لیں گی۔ تعجب یہی ہوتا تھا کہ جگی بابو کو جیتنے کی بات ان کے دل میں کبھی نہیں آئی۔ پھر جیتنے جانے اور وقت آنے پر جیت لینے کا اعتماد ان کی بڑی طاقت رہی ہے۔

لوک سبھا کے انتخابات کے لیے جب انھیں بھوپال کا علاقہ ملا اور باتیں ہوئیں کہ ہمیں ابھی سے کچھ با اثر لوکل سماجی اور سیاسی لوگوں سے وہاں رابطہ قائم کرنا چاہیے تو اسی 'جیت' والی خود اعتمادی سے مالتی جی نے کہا تھا۔۔۔ انہیں جیت لینا مشکل نہیں ہوگا۔ وقت آنے دیجیے۔۔۔ ابھی سے اگر ان لوگوں کو یہ اندازہ ہو گیا کہ ہمیں ان کی ضرورت ہے تو انہیں جیتنا مشکل ہو جائے گا! ان لوگوں کو یہ احساس ہونا چاہیے کہ انہیں ہماری ضرورت ہے۔

۔۔۔۔۔ سچ مچ کتنا تحمل چاہیے ۔۔۔۔ وقت آنے دیجیے! انہیں جیتنا مشکل نہیں ہوگا! مالتی جی کی یہ پالیسی بے حد کامیاب ثابت ہوتی رہی۔ وقت! ضرورت! اور جیت! ان تینوں باتوں پر ہی وہ ٹکی ہوئی تھیں۔ وقت کی نبض کو وہ پہچانتی تھیں، اور ضرورت کے حساب سے وہ طے کرتی تھیں، ان کی یہی طاقت تھی اور اسی طاقت میں ان کی جیت کا راز پوشیدہ تھا

بھوپال کا علاقہ ملنے کے بعد جب ہمارا پہلا قافلہ وہاں پہنچا تو ساری ذمے داری میرے سر پر تھی، کیونکہ میرا پریوار بھوپال میں ہی رہتا تھا۔ میں نے پرانے بھوپال میں ایک بنگلے کا انتظام کر لیا تھا اور الیکشن آفس کا بورڈ لٹکا دیا تھا۔ دھیرے دھیرے کارکن آنے شروع ہوئے۔ کچھ لوکل لوگ بھی آئے اور

ہماری جوڑ توڑ شروع ہوگئی۔ مالتی جی ایک دن کے لیے آئیں اور اپنے کینڈیڈیٹ ہونے کا کاغذ بھر کر چلی گئیں۔ اُن کے جانے سے پہلے ذمے دار کارکنوں کی ایک میٹنگ ہوئی۔ اس بات پر غور کیا گیا کہ ذات کے حساب سے انتخاب کے علاقہ میں کس کی اکثریت ہے اور الیکشن لڑنے کے پینترے کیا ہوں گے۔ اس چھوٹی سی قریبی لوگوں کی میٹنگ کا اُن کارکنوں پر بہت اثر پڑا جنھوں نے مالتی جی کو اتنے پاس سے پہلی بار دیکھا تھا، جب انہوں نے کہا۔ دیکھیے ہمیں مخالف پارٹیوں کے ہتھکنڈے نہیں اپنانے ہیں۔ الیکشن ایک مقدس پروگرام ہے! ہم عوام کے پاس اپنا اصلی پروگرام لے کر جائیں گے اور یہ عوام کی سمجھ پر منحصر ہوگا کہ وہ کیا فیصلہ کرتے ہیں! پینترے بازی اور اٹھا پٹک کا سوال نہیں ہے۔ ہم ذاتوں کی بنیاد پر بھی الیکشن نہیں لڑیں گے کیونکہ ہماری پالیسی کسی خاص ذات کے لیے نہیں ہے، پوری جنتا کے لیے ہے!

چھوٹے چھوٹے کارکن واہ واہ کرنے لگے تھے۔ مالتی جی کی یہی خاصیت تھی اور یہی بڑپّن، جس کے سامنے ان کے مخالف بونے ہو جاتے تھے۔

الیکشن آفس میں ایک پوری فوج جمع ہو چکی تھی۔ کھانے پینے کا انتظام رام نارائن کے ہاتھوں میں تھا، اس لیے ہم نے اُن کا نام فی الحال بھنڈاری رکھ لیا تھا۔ الیکشن آفس میں کچن چالو ہو گیا تھا اور بیکار کے لوگ بھی بہت بھرے رہتے تھے۔

بندا، مالتی جی کا قابلِ اعتبار نوکر، پریشان تھا کہ وہ کھانا کیا کھائیں گی۔ مالتی جی کے لیے اچھا کھانا آجائے۔ بندا مجھے راستے میں جاتا مل گیا تھا۔ تبھی اچانک مجھے یاد آیا تھا اور میں نے پوچھا تھا۔ گولڈن سن جا رہے ہو؟

—— بھنڈاری بابو نے وہیں سے کھانا لانے کو بتایا ہے!

—— ٹھیک ہے، جگی بابو آج کل وہیں منیجر ہیں!

—— کون، اپنے مالک . . . ! بندا کی آنکھوں میں ایک چمک آئی تھی . . . . بہت دن ہو گئے، مالک کو دیکھا بھی نہیں۔ ان کو نمستے بھی کرتا آؤں گا!

اور بندا جگی بابو کا کمرہ پوچھ کر نمستے کرنے گیا تھا۔

—— ارے بندا! تو یہاں کیسے؟ جگی بابو نے حیرانی سے پوچھا تھا۔

پرانی یادوں سے بندا بھر گیا تھا اور اس نے جگی بابو کے پیر چھو لیے تھے۔ جگی بابو کچھ اچکچائے تھے۔ اتنا ہی

بول پائے تھے۔

— ٹھیک ہے ٹھیک ... یہ پیر چھونے کی عادت کب سے پڑگئی؟ اچھی طرح تو ہے!

— بہت اچھی طرح ہوں مالک۔ آپ کا آشیرواد ہے! بندا نے امڈتے پیار اور اپنی حالت کے حساب سے کہا تھا۔

مالتی جی نے جب کھانا شروع کیا تو کاغذ کی ایک پلیٹ میں لہسن کی چٹنی بھی تھی۔ مجھے معلوم ہے، مالتی جی کو لہسن کی چٹنی بہت پسند ہے اور گولڈن سن جیسے بڑے ہوٹلوں میں ایسی چٹنی نہیں بنتی۔ یہ جگی بابو نے خاص طور پر بنواکر رکھوائی ہوگی۔ مالتی جی نے انجانے میں ہی کہا تھا۔ ارے بندا! اتنے برسوں بعد اس لہسن کی چٹنی کا خیال تجھے کیسے آگیا؟

— آپ کو پسند آئی! بھنڈاری نے کھیسیں نپور کر پوچھا تھا۔

— یہ میری ویکنیس ہے! ... گھر پر یہ چٹنی نہیں بنتی تھی تو نوکروں پر ڈانٹ پڑتی تھی۔ ارے اس بندا نے کتنی ڈانٹ کھائی ہے اس چٹنی کے لیے! پوچھیے اس سے ... وہ کہتی رہیں۔ اس زندگی میں جب سے آئی ... نہ جانے کتنی چیزوں کی یاد تک نہیں رہی۔ سامنے پڑجاتی ہیں تو دھیان آتا ہے.... بھنڈاری جی ارے کیا نام ہے آپ کا رام نارائن جی! میں یہاں رہوں تو یہ چٹنی ضرور ملتی رہے ..... کہہ کر وہ دوسری ضروری باتیں کرتی رہیں۔

بات چیت کے دوران بندا نے اپنے جوش میں یہ بتانے کی کوشش بھی کی کہ یہ لہسن کی چٹنی خاص طور سے بنواکر جگی بابو نے رکھوادی تھی، پر موقع ٹھیک نہ سمجھ کر میں نے بندا کو آنکھ کے اشارے سے منع کردیا تھا۔

بھنڈاری بابو بھی چاہتے تھے کہ چٹنی کا سہرا ان کے نام ہی رہے۔

سبھی کارکنوں پر مالتی جی کی شاندار شخصیت اور ان کی باتوں کے جادو کا اثر صاف ظاہر تھا۔ ٹی ٹی نگر علاقہ کے امجد علی مرزا تو پاگل ہی ہوگئے تھے۔ باہر انھوں نے اعلان کردیا تھا۔ ایسے پاک صاف اور اصولوں پر الیکشن لڑنے والے ہمارے رہنما کو کون ہرا سکتا ہے! ہماری فتح تو ابھی ہی ہوگئی۔ بھائیو ہماری فتح ہوگئی!

چلتے چلتے مالتی جی نے مجھے الگ بلاکر ایک حکم دیا تھا۔ دیکھیے اس چناؤ حلقہ میں بنیوں کی اکثریت ہے۔ خاص طور سے شہری علاقوں میں۔ گاؤں کے جو علاقے ہمارے حلقہ میں ہیں، ان کے غریب کسانوں کو بھی یہی بنیے بوقت ضرورت روپیہ وغیرہ قرض دیتے ہیں۔ یعنی ان علاقوں میں بھی ان کی باہیں پھیلی ہوئی ہیں۔

اس لیے ضروری ہے کہ بنیوں کے بیچ سے بھی کوئی کینڈیڈیٹ اس الیکشن میں کھڑا ہو.....

—— یہ آپ کیا کہہ رہی ہیں ؟ میں نے بے حد تعجب سے کہا۔ یہ تو اپنے پیر پر خود کلہاڑی ملنا ہوگا..... کچھ سوچیے تو......

مالتی جی مسکرانے لگی تھیں۔ وہی تحمل اور خود اعتمادی ان کے چہرے پر تھی۔ بغیر کسی تناؤ کے انہوں نے کہا تھا۔ سنئے میری بات سنئے .... بنیوں میں لالہ دینا ناتھ کا بہت اثر ہے۔ آپ انہیں تیار کیجیے کہ وہ چناؤ کے میدان میں آئیں.... پرچے پرسوں تک داخل ہو سکتے ہیں....

—— لیکن.... میں حیرت کے عالم میں تھا۔

—— وقت آنے دیجئے.... جو کہہ رہی ہوں وہ کرنے کی کوشش کیجیے۔ سمجھے! مالتی جی کا وہی پرانا ہتھیار — وقت آنے دیجئے....

کچھ دیر بعد ساری بات میری سمجھ میں آگئی تھی اور میں مالتی جی کی عقل کا لوہا مان گیا تھا۔ انہوں نے اپنے اسی لہجہ میں سب سمجھا دیا تھا — دیکھیے! ہم ذات کی بنیاد پر چناؤ نہیں لڑیں گے یہ بات صاف ہے۔ مگر سچائی کو بھی دیکھیے۔ چناؤ کے میدان میں اتفاق سے بنیوں کا کوئی اپنا کینڈیڈیٹ نہیں ہے۔ لالہ دینا ناتھ کے کھڑے ہوتے ہی سارے بنیے ان کے ارگرد جمع ہو جائیں گے .... یہ شرطیہ ہوگا، کیونکہ لوگوں کے دل میں اپنی ذات کے لیے انسیت کا ہونا لازمی ہے۔ لالہ دینا ناتھ کے کھڑے ہوتے ہی سب بنیے متحد ہو جائیں گے اور ان کی حمایت کریں گے....

—— لیکن اس سے تو ہمیں نقصان ہی ہوگا! میرا شک ابھر آیا تھا۔

—— آپ سنئے تو، مالتی جی نے کہا تھا۔ جب سارے بنیے لالہ دینا ناتھ کے جھنڈے کے نیچے جمع ہو جائیں گے، اس وقت لالہ دینا ناتھ چناؤ میدان سے میرے فیور میں ودڈرا کریں گے! سمجھے آپ! تب ایک بھی بنیا کہیں ٹوٹ کر نہیں جا سکتا....

سچ سچ یہ بات بہت مار کے کی تھی۔ مگر ایک لمحہ کے لیے دل میں بات آئی تو میں نے جھجکتے ہوئے پوچھ ہی لیا تھا۔ مگر ہم تو ذات پات کی بنیاد پر الیکشن لڑنا نہیں چاہتے!

—— گرو سرن جی! آپ کی عقل جیسی کی تیسی ہے۔ مالتی جی نے مسکراتے ہوئے کہا تھا۔ وہ جب میرا نام لے کر کوئی جملہ شروع کرتی تھیں، تب میں سمجھ جاتا تھا کہ اب وہ مجھ پر کچھ غصہ ہیں۔ مگر ان کی خاصیت یہی تھی کہ

بڑی تمیز سے پھر بھی بات کرتی رہتی تھیں۔ بولیں — ہم ذات پات کی بنیاد پر کہاں جیا او لڑ رہے ہیں؟
میں ان کی ذات کی نہیں ہوں! عوام کے بیچ کام کرنے والے کی کوئی ذات نہیں ہوتی .... سمجھے آپ؟
لالہ دینا ناتھ اگر اپنے ذات بھائیوں کو اپنی مٹھی میں لے لیتے ہیں تو اس میں ہم کہاں ذات وادی ہو جاتے ہیں؟
بتلائیے! ہم پر کون الزام لگا سکتا ہے اس بات کا؟ اور ہم کوئی غلط بات کر بھی نہیں رہے ہیں ....
میں کنونس ہو گیا تھا۔ بات تھی بھی سہی۔ ایمانداری اور بے ایمانی میں چار انگل کا بھی فرق نہیں ہے۔
یہ سوال چت اور اور پٹ کا ہے ایک ہی حالت کے دو پہلو ہیں، اب یہ آپ پر ہے کہ آپ کس پہلو سے دیکھتے
ہیں۔ سیاست یہی ہے اور سیاست کی کامیابی بھی یہی ہے کہ آپ کا پہلو ایمانداری سے بھرا اور سہی مانا جائے۔
شام کی گاڑی سے مالتی جی جا رہی تھیں۔ اسٹیشن پر کافی بھیڑ انہیں چھوڑنے آئی تھی، ہار لیے ہوئے
اور وہ گھری ہوئی کھڑی تھیں۔ اسی وقت ایک کارکن نے مجھے بتایا تھا۔ ایک آدمی بندا کو پوچھ رہا ہے۔
بندا کہیں دکھائی نہیں پڑ رہا۔ ذرا آپ دیکھ لیجیے اور اس نے اشارے سے مجھے وہ آدمی دکھا دیا تھا۔
میں نے دیکھا — وہ ہوٹل گولڈن سن کا ایک بیرا تھا۔ وردی میں۔ ہاتھ میں ایک بڑا سا پیکٹ لیے تھا میں سمجھ گیا تھا۔

— یہ منیجر صاحب نے بھیجا ہے۔ بیرا بولا تھا۔

— کیا ہے؟

— رات کا کھانا ہے! بولا تھا، بندا صاحب کو دینا!

میں نے پیکٹ لے لیا تھا۔ گولڈن سن کے ریپر میں لپٹا کھانا میں نے بندا کو تھما دیا تھا، جو اندر ڈبے میں بستر لگا رہا تھا۔ سونگھ کر دیکھا تھا لہسن کی مہک تھی یا نہیں ....

— کھانا تو بھنڈاری جی نے رکھ دیا ہے۔ بندا بولا تھا۔ پر اس میں چٹنی ضرور ہوگی! کہتے ہوئے اس نے جگی بابو والا پیکٹ بھی وہیں ٹفن کیریر کے پاس رکھ دیا تھا۔

مالتی جی کے جانے کے بعد سرگرمی اور بڑھ گئی۔ ان کی شخصیت کی دھاک سب پر بیٹھ گئی تھی۔
الیکشن آفس میں کارکنوں کی بھیڑ بڑھتی جا رہی تھی۔ ہم لوگ شہری اور دیہاتی علاقوں کے لیے جیپوں اور سائیکلوں کا انتظام کر رہے تھے۔ ٹیلیفون جلدی مل جائے، اس کوشش میں لگے تھے۔ پوسٹروں اور پرچوں کی چھپائی ہو جائے یہ بھی دیکھ رہے تھے۔ چاہتے یہی تھے کہ پندرہ دن بعد، مالتی جی کے آنے کے وقت تک،

سب کچھ پورا ہو جائے۔ ہزار طرح کے کام کرنے تھے۔ گھر گھر جاکر کام کرنے والوں کے لیے بلّے چاہیے تھے ہر آدمی بلّا مانگتا آرہا تھا۔ لاؤڈ سپیکروں اور بیٹری کا انتظام ہونا تھا۔ الیکشن کا بخار چڑھنے کے بعد یہ چیزیں پھر نہیں ملتیں۔ پٹرول ٹنکی والوں کے پاس حساب کھولنا تھا۔ جھنڈے اور الیکشن نشان بننے تھے۔ جھنڈوں کے لیے بانسوں اور لاٹھیوں کا انتظام ہونا تھا۔ لاٹھیاں اس لیے کہ مخالف پارٹیوں والے ہر طرح کی شیطانی پر آمادہ ہو سکتے تھے۔ کچھ دادا قسم کے لوگوں کو بھی روزینداری پر رکھنا تھا۔ مالتی جی کی جیپ کے لیے ایسا ڈرائیور چاہیے تھا جو ضرورت پڑنے پر دادا گیری بھی کر سکے۔ مالتی جی کا اپنا ڈرائیور سلطان اب اس لائق نہیں رہ گیا تھا۔۔ ووٹروں کی لسٹیں بننی تھیں، پرچیاں تیار ہونی تھیں۔ اور سب سے زیادہ مصیبت راشن کی تھی۔ الیکشن فوج بڑھتی جا رہی تھی۔ یوں ابھی اتنا کام نہیں تھا، مگر پندرہ بیس روز بعد ضرورت پڑنی ہی تھی اس لیے اس وقت کسی سے یہ بھی نہیں کہہ سکتے تھے کہ ابھی اپنے گھر جاؤ۔ سب سے بڑی دقت کھانے کی تھی۔ بھنڈاری رام نرائن کا برا حال تھا۔ ایک شام تو وہ ہاتھ جھٹکا کر کھڑا ہو گیا۔ راشن ہو تو بھی اتنے بے کار کے کھانے والوں کا انتظام نہیں کر سکتا۔ یہاں کیا سالا بھنڈارا کھلا ہوا ہے؟

بیکار کے کارکنوں میں سے کچھ ایک نے یہ بات سن لی تھی۔ باہر برامدے میں کھسر پسر شروع ہو گئی تھی— بھنڈاری اپنے رعب میں تھا، چیخ کر بولا— تم نہیں جانتے گُرسرن! ان میں سے کتنے ایسے ہیں جو کام مخالف امیدواروں کا کرتے ہیں اور روٹیاں یہاں توڑتے ہیں۔

غصّہ تو مجھے آیا تھا کہ ایسے حرام خوروں کو لات مار کر پھینک دوں، پر مالتی جی سے میں نے بہت کچھ سیکھا تھا — وہی بنیادی گر— وقت! ضرورت! اور فتح! ہر کام وقت پر کرو، جب ضرورت پڑے تب آدمی کو یا حالات کو استعمال کرو اور جیت لو۔

میں نے بھنڈاری کو سمجھا بجھا دیا تھا، پر وہ غصّے میں اتنا ہی کہہ کر چلا گیا تھا کہ تو پھر راشن کا بندوبست کرو۔

راشن کی قلت تھی، پر اپنے اثر اور زور زبردستی سے ہم نے پورا انتظام کر لیا تھا۔ ایک کمرہ راشن سے بھروا دیا تھا۔ اس کام میں ہم نے جگّی بابو کی مدد بھی لی تھی۔ جو کچھ انتظام وہ کروا سکے، انھوں نے بھی کروا دیا تھا۔ خاص الیکشن کے دنوں کے انتظام کے لیے میں نے ان سے کہہ دیا تھا۔ انہوں نے حامی بھر لی تھی اور ہمارا ایک بڑا سر درد ختم ہو گیا تھا۔

مگر الیکشن ایسی نامراد چیز ہے کہ سر درد ختم نہیں ہوتا، بلکہ بڑھتا ہی جاتا ہے۔ راشن کی کمی اس علاقے میں

ہی کیا، پورے دیش میں ہے۔ اور یہ مخالف پارٹیوں والے نمبری شیطان لوگ ہوتے ہیں۔ سچ پوچھیے تو ان کا کوئی ضمیر نہیں ہوتا۔ انہیں تو بس موقع ملنا چاہیے اور یہ ہر موقعے کو ہنگامے میں بدل دینے میں استاد ہیں۔ پتہ نہیں کیسے، انہیں یہ سب پتہ چل گیا... کہ ہم نے کانی راشن کا انتظام کر لیا ہے۔ ہمارے یہاں آ کر کھانا کھا جانے والے ان کے چمچوں نے ہی خبر دی ہوگی۔ ایک دوپہر ہنگامہ ہو گیا۔ مخالف امیدوار چندر سین کے طرفداروں نے شہر بھر کے فقیروں کو جمع کر کے مورچہ بھیج دیا۔ وہ آ کر الیکشن آفس کے سامنے نعرے لگانے لگے۔

مالتی جی! ہائے ہائے

ہم بھوکے ننگے! ہائے ہائے

میں نے ان بھکھمنگوں کی بھیڑ کو خاموش، شانت کرنے کے لیے ایک چھوٹی سی تقریر کی، انتخابی مہموں میں شامل ہوتے ہوتے اتنا تو سیکھ ہی گیا ہوں — بھائیو! بھوک اور غریبی ... یہ ایک دن کا سوال نہیں ہے! ہمیں یہ سوال ہمیشہ کے لیے سلجھانا ہے... اور یہی وجہ ہے کہ ہماری پارٹی کی امیدوار مالتی جی اس انتخاب کے میدان میں اتری ہیں، تاکہ بھوک اور غریبی کو ہمیشہ ہمیشہ کے لیے نیست و نابود کیا جا سکے! صرف آج شام کھانا مل جانے یا کل صبح کا کھانا حاصل ہو جانے سے مسئلہ حل نہیں ہو جائے گا! یہ مسئلہ اسی سے سلجھے گا کہ آپ اپنے نمائندہ کے طور پر کسے منتخب کرتے ہیں اور وہ نمائندہ آپ کا سچا ہمدرد ہے یا نہیں! وہ ہمدرد ہی آپ کی بھوک مٹانے کا پختہ انتظام کر سکتا ہے! اس لیے بھائیو! آپ ان ٹٹو نجیئے اور موقعے کا فائدہ اٹھا کر آپ کو استعمال کر لینے والے ان دغاباز چھٹ بھیوں کو بہکاوے میں مت آئیے.... اور انتخابات کے اس مقدس پروگرام کو پورا ہونے دیجئے!

مجھے حیرت تھی کہ میں یہ سب کیسے بول گیا تھا۔ کرائے کے لوگوں کے پیر نہیں ہوتے --- وہ سب مظاہرہ کرنے والے لوگ پچھتاتے ہوئے لوٹ گئے تھے۔ اور ہمارے ساتھی جگت سنگھ نے مجھے سینے سے لگا لیا تھا — یار تم تو بالکل مالتی جی کی طرح بولتے ہو! وہی دم خم، وہی اطمینان!

میری چھاتی دوگنی ہو گئی تھی۔ ایک لمحہ کو لگا تھا کہ مالتی جی اگر اس کرشمے کو دیکھتیں تو بہت خوش ہوتیں۔

مگر میری یہ خوشی چند گھنٹے بھی ٹکنے نہ پائی۔ مخالف امیدوار چندر سین نے شام کو ہی ایک میٹنگ میں بولتے ہوئے بڑے گندے طریقے سے الزام لگایا — میں مالتی جی اور ان کی پارٹی سے پوچھنا چاہتا ہوں کہ جب ہمارے اس شہر کے معمولی آدمی کو راشن کی لائن میں گھنٹوں لگے رہنے کے بعد بھی پیٹ بھر راشن نہیں

مل پاتا، تب ان کے الیکشن آفس میں سیکڑوں بوری اناج کہاں سے آیا ہے؟ یہ کالے بازار سے نہیں آیا ہے تو کہاں سے آیا ہے؟ تو بھائیو! بھوک اور ننگی جنتا اب برداشت نہیں کرے گی.... مالتی جی کے لوگ یہاں چنا و لڑنے نہیں، موج مستی منانے اور دعوتیں اڑانے آئے ہیں.... ہمارے پاس اس بات کی پکی خبر ہے کہ کالے بازار سے سیکڑوں بوری اناج کا انتظام کرنے میں ایک بڑے ہوٹل کے منیجر بھی شامل ہیں... لوگ یہ پوچھنا چاہتے ہیں کہ اتنا اناج کس راشن کارڈ سے آیا ہے؟ عوام کو یہ پوچھنے کا حق ہے.....اور میں مالتی جی کو چیلنج دیتا ہوں اور کہتا ہوں کہ وہ دہلی میں آرام نہ فرمائیں، بلکہ یہاں آکر جنتا کو اس بات کا جواب دیں! یہ جواب انہیں دینا پڑے گا!

سنسنی پھیل گئی تھی اور سارا ماحول زہر ملا ہو گیا تھا۔ مخالف پارٹی نے بڑی ذلیل چوٹ ہم پر کی تھی۔ افسوس اس بات کا تھا کہ چندر سین نے جگی بابو کا نام لیے ہی لپیٹ لیا تھا اور مجھے لگنے لگا تھا کہ آگے چل کر وہ جگی بابو کے نام کے ذریعے شاید کوئی اور گندگی اچھالنے کی کوشش بھی کرے گا۔

معاملہ یہیں تک رہتا تو ٹھیک تھا۔ مگر اس کے بعد تو بھیانک واقعہ ہو گیا۔ میں مالتی جی کو یہ سب خبر دینے کے لیے جگی بابو کے ہوٹل سے فون کرنے گیا تھا۔ رات ہو گئی تھی۔ میں نے فون پر مالتی جی کو سب حال بتایا تو انہوں نے ہمیشہ کی طرح آسان حل بتا دیا۔ کرسن جی! آپ ایسا کیجیے کل آدھا راشن ضرورت مندوں میں بٹوا دیجیے اور کہیے کہ یہ اسی لیے جمع کیا گیا تھا..... پھر انہوں نے ڈانٹ بھی لگا دی — یہ آپ لوگوں کو آخر سوجھی کیا؟ اتنا راشن جمع ہی نہیں کرنا چاہیے تھا۔ یہ غلط کام ہے۔ آپ لوگ خود ایسی غلطیاں کریں گے تو مخالف فائدہ اٹھائیں گے ہی..... جو کارکن ہیں، ان کے لیے ڈھابوں اور کم خرچ ہوٹلوں میں انتظام کروا دیجیے۔ انہیں کھانے کے روزانہ نقد پیسے دیتے جائیے۔ اس سے عوامی رابطہ بھی بڑھے گا۔ الیکشن آفس میں کچن بند کروا دیجیے۔ صرف چائے پانی کا انتظام رکھیے بس سمجھے! آپ وقت ضرورت کے لیے تھوڑا سا راشن پڑا رہنے دیجیے، کل تک باقی راشن بٹوا دیجیے!

لیکن کل کہاں آنے پایا! میں ہوٹل سے لوٹ ہی رہا تھا، رات اندھیری تھی، کہ تبھی دور پر آگ کی لپٹیں اٹھتی دکھائی دیں۔ میں بھاگا بھاگا پہنچا، تب تک سب ختم ہو چکا تھا۔ مخالف امیدواروں کے غنڈوں نے ہمارے الیکشن آفس پر حملہ بول کر جو کچھ ملا، لوٹ لیا تھا، مار پیٹ بھی کی تھی، اور الیکشن آفس میں آگ بھی لگا دی تھی۔ بھنڈاری رام نارائن کے کافی چوٹ آئی تھی۔ جگت سنگھ بھی زخمی ہوئے تھے اور کچھ کارکن بھی۔

غنیمت تھی کہ سب کی جان بچ گئی تھی۔

اور صبح شہر کے اخباروں میں سرخی تھی — ناراض اور بھوکی جنتا نے الیکشن آفس میں جمع اناج لوٹ لیا!

یہ سراسر زیادتی تھی۔ عوام نے نہیں، مخالف امیدواروں کے غنڈوں نے یہ سب کیا تھا۔

آخر تیسرے دن ایک دوسرے اخبار میں میں نے اس غنڈہ گردی کا پردہ فاش کیا، جس کا اچھا اثر جنتا پر پڑا۔ لیکن اب دقت الیکشن آفس کی تھی۔ خاص طور سے مالتی جی کی حفاظت کی۔ ہم ایس پی سے ملے اور انہوں ہمیں یقین دلایا کہ ایسی وارداتیں وہ حتی المقدور نہیں ہونے دیں گے اور رائے دی کہ چناؤ کے دوران مالتی جی کے ٹھہرنے اور رہنے کا انتظام کسی ایسی جگہ کیا جائے جو کھلی ہوئی نہ ہو .... ضرورت پڑنے پر جہاں پولس کا انتظام بھی کیا جا سکے۔ مخالف پارٹی کے امیدواروں کو بھی وہ یہی رائے دے چکے ہیں، کیونکہ پولس کے لیے سب کی حفاظت کا سوال ایک سا ہے!

ٹھیک بھی تھا۔ پولس کے لیے سب برابر تھے۔ اور آپس میں بہت سوچ وچار کے بعد سب سے محفوظ جگہ ہمیں گولڈن سن ہوٹل ہی لگی تھی۔ چونکہ الیکشن آفس دور نہیں رہ سکتا تھا اور وہیں فون کی تابڑ توڑ ضرورت تھی، اسی لیے یہ طے ہوا کہ ہم اپنا آفس گولڈن سن ہوٹل کے ایک کاٹج میں کھول لیں اور مالتی جی کے رہنے کا انتظام کسی ہوا دار آرام دہ کمرے میں کر دیں — تاکہ وہ پاس بھی رہیں اور ہر وقت کی بھیڑ بھاڑ سے بچی بھی رہیں۔ یہ انتظام مالتی جی نے بھی پسند کیا تھا۔ ہوٹل کے مالک ہماری پارٹی کے حمایتی بھی تھے اور انہیں یہ تجویز بہت راس بھی آئی تھی۔ بعد میں خرچے وغیرہ کے حساب کے سلسلے میں یہ بھی کہہ سکتے تھے کہ ہوٹل کے مالک نرسی سیٹھ نے ہمیں فری جگہ اور کھانا دیا تھا...... یہ سب معاملے اس وقت اٹھتے ہیں جب ہارے ہوئے لیڈر الیکشن پٹیشن دائر کرتے ہیں اور عدالت میں الزام لگاتے ہیں کہ قانوناً خرچ کیے جا سکنے والے روپئے سے پچاس گنا زیادہ خرچہ کیا گیا ہے۔ نرسی سیٹھ پارٹی کا آدمی تھا اس لیے ہم خرچے میں کھلے نام بچت دکھا سکتے تھے۔ نرسی سیٹھ بھی اس بات سے خوش ہوئے تھے کہ بنا ہینگ پھٹکری لگائے ان کی شخصیت پر چوکھا رنگ چڑھ رہا تھا — اور وہ مہاماشاہ کے خطاب کے حق دار ہوئے جا رہے تھے۔

سیاست ایسا کھیل ہے کہ جب گوٹیاں بیٹھنا شروع ہوتی ہیں تو سب بیٹھتی چلی جاتی ہیں! کھانچے میں کھانچا فٹ ہوتا جاتا ہے — آخر سب سیٹ ہو گیا۔ لالہ دینا ناتھ بھی ہتھے چڑھ گئے۔ وہ میدان میں آزاد امیدوار کی طرح کھڑے ہو گئے اور اپنے ذات برادروں کو بٹورنے لگے۔ ان کی انتخابی مہم کا خرچہ ہم دینے لگے۔ اب

صرف مالتی جی کے آنے کی دیر تھی۔ سو وہ بھی کسر پوری ہو گئی۔ ہمیں تار ملا کہ وہ اتوار کو آ رہی ہیں۔
نرسی سیٹھ نے جگی بابو کو بلا کر خاص ہدایت دی ـــــ دیکھئے منیجر صاحب! یہ ہمارے ہوٹل کی خوش قسمتی ہے کہ مالتی جی جیسی دیش کی نیتا ہمارے یہاں رہیں گی اور یہیں سے جیت کر جائیں گی۔ آپ خاص طور سے خیال رکھئے کہ انہیں کوئی تکلیف نہ ہونے پائے..... ان کی ہر ضرورت پوری کی جائے ...

ـــــ جی! جگی بابو نے دھیرے سے کہا تھا۔ میں اس وقت ان کے دل کی حالت سمجھ رہا تھا۔ لیکن میں نرسی سیٹھ کے سامنے یہ ظاہر بھی نہیں کرنا چاہتا تھا کہ جگی بابو کیا ہیں ..... جو بات زندگی میں ختم ہو چکی تھی، اسے ظاہر کرنے سے فائدہ ہی کیا تھا! مگر جگی بابو کے چہرے پر جو درد اس وقت ابھرا تھا، وہ صرف میں ہی بجھ سکتا تھا۔

ـــــ آپ نے بہت مری ہوئی آواز میں صرف 'جی' کہا! کیا بات ہے جگدیش جی! نرسی سیٹھ نے کچھ شک کرتے ہوئے پوچھا۔

ـــــ نہیں ایسی کوئی بات نہیں ... میں ہوٹل کا منیجر ہوں .... اور یہاں آنے والے ہر مہمان کا خیال رکھنا میرا فرض ہے ... آپ بے فکر رہیں، کوئی کمی نہیں ہوگی! جگی بابو نے پھٹی ہوئی آواز میں کافی احتیاط سے کہا تھا۔

ـــــ آنے والے ہر مہمان اور مالتی جی میں بہت فرق ہے، جگدیش بابو! نرسی سیٹھ بولے تھے۔

ـــــ جی میں سمجھتا ہوں! آپ فکر نہ کریں! جگی بابو نے جیسے دل پر بہت بھاری پتھر رکھتے ہوئے کہا تھا۔ جگی بابو کو اس حال میں دیکھنا میرے لیے مشکل ہو گیا تھا۔ حالت کو سنبھالنے کے لیے میں نے اتنا ہی کہا تھا ـــــ نرسی سیٹھ، سب ہو جائے گا۔ آیئے جگی بابو.... میں سب سنبھال لوں گا۔

مگر نرسی سیٹھ نے مجھے روک لیا تھا ـــــ آپ جائیے منیجر صاحب۔ گرسرن جی! آپ ایک منٹ رک سکیں تو مہربانی ہوگی۔ جگی بابو کو اس طرح جاتے میں نہیں دیکھ پایا تھا۔ اچانک میرے منہ سے نکل گیا تھا.... آپ ذرا سا رکیے جگی بابو، میں بھی چلتا ہوں۔ ہاں بتایئے نرسی سیٹھ.....

نرسی سیٹھ جگی بابو کی موجودگی سے کچھ اٹک گئے تھے اور یہ بات جگی بابو نے مارک کی تھی۔ لیکن پھر بھی نرسی سیٹھ نے اتنا تو کہہ ہی دیا تھا ـــــ گرسرن جی! ایک سفارش آپ کو کروانی پڑے گی ... میں جانتا ہوں، مالتی جی سے یہ کام صرف آپ ہی کروا سکتے ہیں.... الیکشن ہو جانے دیجئے، مجھے کوئی جلدی نہیں ہے....

—— جی دیکھ لیں گے.... میں کس کھیت کی مولی ہوں ..... اور لوگ ہیں جو اور زیادہ بڑے حق سے کہہ سکتے ہیں۔ وہ ہو جائے گا نرسی سیٹھ! میں جیسے تیسے بات کو ٹالنا چاہتا تھا اور اس درد بھری حالت سے جگی بابو کو جلدی سے جلدی نکال لینا چاہتا تھا۔ میں نے ان سے کہا تھا —— آیئے جگی بابو! اور ہم دونوں بنا ایک دوسرے سے آنکھ ملائے، اپنے میں ڈوبے ہوئے، برآمدہ پار کر آئے تھے۔

'مالتی جی سے یہ کام صرف آپ ہی کروا سکتے ہیں' یہ جملہ جگی بابو نے کیسے جھیلا ہوگا' میں اندازہ نہیں لگا سکتا تھا۔ شاید انھیں روک کر میں نے خود بڑی غلطی کی تھی، پر مالتی جی کے حوالہ سے کسی بات کے لیے نرسی سیٹھ کے پاس میرا رکنا اور ان کا چلا جانا بھی مجھے گوارہ نہ تھا۔ نرسی سیٹھ کا وہ جملہ مجھے برابر کچوٹ رہا تھا۔ اور اپنا جملہ بھی... 'اور لوگ ہیں جو اور زیادہ بڑے حق سے کہہ سکتے ہیں...' جگی بابو کے سامنے ہی خود انہیں ہی 'اور لوگوں' میں شمار کرنا کیسا لگا ہوگا؟ لیکن میں اور کہہ بھی کیا سکتا تھا.....؟

مالتی جی آ گئی تھیں، مگر وہ سیدھے ہوٹل نہ جا کر پہلے امجد علی مرزا صاحب کے گھر چلی گئی تھیں۔ بندہ ہوٹل میں آ گیا تھا۔ ان کے ساتھ کچھ اور لوگ بھی تھے جو الیکشن پروپیگنڈا کے لیے خاص طور سے آئے تھے۔ مالتی جی کے آجانے سے رونق تو ہو ہی گئی تھی، مگر دکھاوا کچھ زیادہ ہی بڑھ گیا تھا۔ ہر آدمی یہی شو کرنے میں لگا تھا کہ وہ ان کے کتنے قریب ہے۔ اس دکھاوے میں للو بابو سب سے آگے تھے۔ وہ ان کے ساتھ ہی دہلی سے آئے تھے اور پروپیگنڈا مہم کی اسکیمیں سمجھانے کے علاوہ یہ زیادہ ظاہر کر رہے تھے کہ ان سے زیادہ مالتی جی کے بارے میں کوئی نہیں جانتا۔

آتے ہی انہوں نے سب کچھ جیسے ہاتھ میں لے لیا۔ للو بابو خاصے خرانٹ آدمی اور پرانے کھلاڑی ہیں۔ گنجے اور غلیظ۔ انہیں پسند کوئی نہیں کرتا، پر برداشت سب کرتے ہیں۔ سب کو تعجب ہے کہ مالتی جی جیسی عورت اور لیڈر کے ساتھ وہ کیسے چپکے ہوئے ہیں۔ اور پہنچتے ہی انہوں نے سوال شروع کر دیئے۔ گرسرن جی کل کہاں کہاں کس کس علاقے میں میٹنگیں ہیں؟ جیپیں کتنی آ گئیں؟ ارے بھائی ہاں، مالتی جی کے کمرے کا انتظام ہوا..... چلئے ذرا دیکھ لیں....

—— وہ ہو گیا ہے۔ منیجر صاحب نے سب ٹھیک کروا دیا ہے۔ میں نے کہا۔

—— دیکھ لینے میں کیا برائی ہے؟ وہ بولے۔

ان کی ضد کی وجہ سے ہمیں جانا پڑا۔ مجھے امید نہیں تھی کہ جگی بابو خود وہاں ہوں گے مگر وہ خود سارا انتظام دیکھ رہے

تھے۔ روم بائے نیلی چادر لگانے لگا تھا تو جگّی بابو نے ٹوکا تھا ـــــ سفید چادریں لگاؤ۔ انہیں ہٹا دو۔ اور کمرے میں جگ کی جگہ ایک صراحی رکھوادی تھی۔ جگّی بابو کو ابھی تک یاد تھا کہ مالتی جی کو صراحی کا بوندھا پانی بہت پسند تھا۔

تب تک للّو بابو نے ٹانگ اڑا دی ـــــ یہ ڈنلپ کے گدے ہٹوائیے! یہ بیڈ بھی باہر کرا دیئے، یہ سب کیا ہے؟

ـــــ سب ہو رہا ہے! جگّی بابو نے ذرا سختی سے کہا۔

ـــــ آپ کو معلوم ہے، مالتی جی ہمیشہ زمین پر سوتی ہیں۔ میں کہہ رہا ہوں، یہ ہٹوا لیئے! باہر کیجئے! للّو بابو نے بڑے حق سے کہا ـــــ آپ لوگ اپنی ٹانگ مت اڑائیے۔ جو بتاتا ہوں وہ کرتے جائیے۔ کرنے کے لیے یہ روم بائے ہے۔ اسے بتا دیجئے! جگّی بابو نے جلتی ہوئی آنکھوں سے انہیں دیکھتے ہوئے کہا تھا ـــــ اور جو ضرورت ہو مجھے فون کر دیجئے گا! کہتے ہوئے وہ کمرے سے چلے گئے تھے۔

ـــــ یہ آدمی نہایت مغرور ہے۔ کون ہے یہ؟ للّو بابو نے روم بائے سے سوال کیا تھا۔

ـــــ منیجر ہیں، صاحب! ـــــ روم بائے نے کہا تھا اور گدا اٹھانے لگا تھا۔

ـــــ آپ شانت رہیئے ... میں نے للّو بابو کا کندھا تھپتھپاتے ہوئے بات کو سنبھالا تھا۔

ـــــ یہ دو کوڑی کا آدمی .... سوٹ پہن لیا، سمجھتا ہے، لاٹ صاحب ہو گیا! آپ نے اس ہوٹل میں انتظام ہی کیوں کیا تھا؟ انہوں نے مجھ پر سوال کی گولی چلائی۔

مجبوری تھی! میں نے کہا۔

تبھی پتہ چلا کہ مالتی جی آرہی ہیں۔ ہم نیچے بھاگے۔ کچھ کاریں آ چکی تھیں۔ کچھ آرہی تھیں نعرے لگاتے ہوئے کچھ لوگ جوش سے گھستے آرہے تھے۔

مالتی جی! زندہ باد!

مالتی جی! زندہ باد!

خاصا ہجوم ہو گیا تھا۔ میں نے پورٹیکو میں دیکھا تھا۔ ہوٹل کے قریب قریب سبھی لوگ کھڑے تھے۔ جگّی بابو نہیں تھے۔ میں نے نگاہ اوپر ڈالی تھی۔ جگّی بابو اوپر ٹیرس سے چپ چاپ سب دیکھ رہے تھے۔ تبھی نرسی سیٹھ کا آدمی آیا تھا اور مجھ سے بولا تھا ـــــ مالک نے کہا ہے، ایک منٹ مالتی جی کو دریں کا ٹیج میں رکھیئے .... جب وہ ہوٹل کی مین بلڈنگ میں داخل ہوں گی، سیٹھ جی ان کا سواگت

کریں گے!

کافی دیر تک مالتی جی الیکشن آفس والے کا منیجر میں سب چیزوں کی تفصیل لیتی رہیں۔ جان پہچان والوں سے باتیں کرتی رہیں۔ ان کا حال چال پوچھتی رہیں۔ ہم لوگ سارے انتظام کے متعلق بتاتے رہے تبھی خبر ملی کہ نرسی سیٹھ خیر مقدم کے لیے تیار ہیں۔

ہم مالتی جی کو لے کر آگے بڑھے۔ ہوٹل کے سب لوگ، تماش بین اور ملازم بھرے ہوئے تھے مالتی جی کے لیے راستہ بنانا پڑا۔ فوٹو گرافر تصویریں لے رہے تھے۔ جیسے ہی مالتی جی مین گیٹ کے نیچے والی سیڑھیوں تک پہنچیں، نرسی سیٹھ نے انہیں مالا پہنائی تھی۔ ملازموں نے پھول برسائے تھے اور تب نرسی سیٹھ نے تعارف کروایا تھا۔ یہ ہیں ہمارے ہوٹل کے منیجر مسٹر جگدیش ورما!

میرے لیے یہ نظارہ دل ہلا دینے والا تھا۔ مالتی جی نے اچانک انھیں دیکھا تھا.... جگی بابو ہاتھ جوڑے نمستے کر رہے تھے۔ مالتی جی کی ہتھیلیاں جڑتے جڑتے کانپ گئی تھیں۔ اور ان کے ہاتھ کی مالا نیچے گر پڑی تھیں۔

مالتی جی بہت تھک گئی ہیں۔ ہٹیے.... ہٹیے.... کہتا ہوا میں انہیں باقی لوگوں کے بیچ کی سمت سے نکال لے گیا تھا۔ لفٹ میں للو بابو بھی گھس آئے تھے۔ مالتی جی آنکھیں بند کیے انگلیوں سے بھووں کے پاس والے حصے کو دبا رہی تھیں جیسے ان کی آنکھوں میں یکایک درد شروع ہو گیا ہو۔

کمرے میں پہنچ کر جو حال انہوں نے دیکھا تو ایک دم بولیں۔ اس ہوٹل میں بیڈ نہیں ہیں؟

للو بابو نے لپک کر ترمپ مارا۔ میں نے سوچا آپ یہاں چناؤ کے دوران اگر زمین پر سوئیں تو....

—— اس دکھاوے کی کیا ضرورت ہے! یہ سب مجھے پسند نہیں! آپ تو حد کر دیتے ہیں للو بابو! مجھے زمین پر نیند نہیں آئے گی، ہو سکے تو اس میں بیڈ لگوا دیجئے۔ ۔ ۔ مالتی جی نے جھنجھلاتے ہوئے کہا تھا۔

—— منیجر صاحب بولا تھا.... بیڈ ہی رہے گا اور سفید چادر رہے گا، پر ساب بولا نہیں، آپ زمین پر گدا بچھا کر سوئے گا کہتے ہوئے روم بائے نے للو بابو کی سمت اشارہ کیا تھا۔

—— یہ سارا تماشا بند کیجئے للو بابو! مالتی جی نے کہا تھا اور کرسی پر ماتھا پکڑ کر بیٹھ گئی تھیں۔ روم بائے بستر ہٹانے لگا تھا۔

—— ٹھیک ہے، اب میں آرام کروں گی۔ ذرا بندا کو بھیج دیجئے گا۔ مالتی جی نے کہا اور وہ پانی کا گلاس

بھر کر ہاتھ میں پکڑے رہیں۔ انہوں نے ایک لمحہ کے لیے صراحی کو دیکھا، پھر وہ کھڑکی کے باہر تاکتی رہیں۔ ہم دونوں چلے آئے۔ پیچھے سے ہم نے بندا کو بھیج دیا۔ میں نے بندا کو سمجھا دیا کہ مالتی جی اچانک کچھ ڈسٹرب ہو گئی ہیں اور وہ جائے تو بہت سمجھ داری سے کام لے۔ میری مشکل یہ تھی کہ میں لوگوں سے کہہ بھی نہیں سکتا تھا۔ پتہ نہیں، مالتی جی پسند کریں یا نہ کریں۔۔۔ اس رشتے کو ظاہر کرنا انہیں مناسب لگے یا نہ لگے۔

رات کافی گہری ہو گئی تھی۔ ہم سات آٹھ لوگ الیکشن آفس والے کاٹیج میں لیٹے ہوئے تھے۔ للو بابو نے اپنی واسکٹ کی جیب سے خوراک لگی مکسچر کی شیشی نکالی تھی، اسے ہلایا اور ایک خوراک پی گئے تھے۔

—— آپ کی طبیعت گڑبڑ ہے؟ میں نے یوں ہی پوچھا تھا۔

—— ہاں، کافی گڑبڑ ہے! للو بابو بولے تھے۔

—— تو بتایا ہوتا، کسی ڈاکٹر کو دکھا دیتے۔

—— چناو کی فکر کریں یا اس طبیعت کی! کہتے ہوئے انہوں نے پھر شیشی اٹھا کر خوراک کے نشان پر انگوٹھا لگایا، ہلایا اور ایک خوراک اور پی گئے۔

—— بڑی جلدی جلدی دوا پی رہے ہیں! میں نے کہا تو کروٹ لے کر لیٹ گئے اور اسی طرف منھ کیے کیے بولے۔ گرسرن جی، میرے خیال میں گاؤں کے علاقوں میں ذرا زوردار طریقے سے مجمع جمائیے!

—— گاؤں والے اب مشکل سے پکڑ میں آتے ہیں۔

—— تو ایک رامائنی پنڈت جی کو پکڑیئے۔ گاؤں کے کسی اثر دار آدمی کے گھر رامائن کا پاٹھ رکھوائیے۔ ..... اور اسی بہانے اپنا کام کیجئے۔ شہر کے بیے ایک ایک محلے میں ایک ایک دن نوٹنکی اور قوالی کا پروگرام آرگنائز کیجئے۔ ایسے چناو نہیں لڑے جاتے ہیں، جیسے آپ لڑ رہے ہیں! للو بابو نے کہا۔

—— مالتی جی پسند کریں گی؟ میں نے شک ظاہر کیا۔

—— ان کے پسند کرنے یا نا پسند کرنے سے کیا ہوتا ہے۔ یہ سب ان سے پوچھنے کی ضرورت بھی نہیں۔ کینڈیڈیٹ ہار جائے تو سب غلط اور برا ہوتا ہے، جیت جائے تو سب سہی اور اچھا! ہوں! کہتے ہوئے انہوں نے شیشی ہلا کر تیسری اور آخری خوراک بھی پی لی۔ میں سمجھ گیا تھا کہ یہ دوا کیسی تھی۔ تیسری خوراک لے کر للو بابو خراٹے بھرنے لگے تھے۔ مجھے نیند نہیں آ رہی تھی۔ رہ رہ کر جگی بابو کا خیال آ رہا تھا۔

تبھی بندا لوٹ آیا تھا۔ آ کر میرے پاس بیٹھ گیا تھا۔

پتہ چلا کہ مالتی جی بہت اداس تھیں۔ انہوں نے بندا سے پوچھا تھا — تم نے پہچانا ؟

— ہاں، میں تو پچھلی بار بھی مل گیا تھا۔ لہن کی چٹنی مالک نے ہی رکھوائی تھی۔ میری ہمت نہیں پڑی کہ آپ سے کہتا۔ بندا نے بتایا تھا

— للی کا کچھ پتہ ہے؟ مالتی جی نے ڈوبی آواز میں پوچھا تھا۔

— معلوم نہیں۔

— ذرا فون ملا....

— کہاں ؟

— مے.... مے.... ج.... میرا مطلب ہے..... اں... وہ للی کا ذرا پتہ کر۔

.... منیجر صاحب کو فون دیجئے! بندا نے فون ملا کر آپریٹر سے کہا تھا۔ جواب ملا تھا... وہ اپنے فلیٹ میں چلے گئے ہیں، ڈیوٹی پر نہیں ہیں.... کہئے تو وہاں ملا دیں، شاید آرام کر رہے ہوں گے۔

— رہنے دے! مالتی جی نے کہا تھا — تو بھی جا آرام کر۔

— جی! بندا نے کہا تھا، اور وہ مالتی جی کی باقی ضرورت کی چیزوں کو قرینے سے لگانے لگا تھا۔ مالتی جی بستر پر لیٹ گئی تھیں۔ بندا نے ان کی چپلیں پتیا نے لگا دی تھیں۔ چھوٹا تولیہ سرہانے رکھ دیا تھا نیزل ڈراپس کی پلاسٹک کی شیشی تکیئے کے نیچے دبا دی تھی۔ اور فائیلیں ادھر کمرے میں لے جانے لگا تھا، تو اس نے دیکھا تھا — مالتی جی نے فون کا ریسیور یکایک جھٹکے سے اٹھایا تھا اور کان سے لگا لیا تھا۔

— کوئی نمبر چاہیے! فائیلیں وہیں رکھ کر بندا لپک کر پاس آ گیا تھا۔

— نہیں.... گھنٹی بجی تھی نہ ؟

— فون کی !

— فون کی... ہاں ... مالتی جی نے کہا تھا۔

— میں نے تو نہیں سنی ... بندا بولا تھا۔

— اچھا بڑبڑاتے ہوئے مالتی جی نے کہا تھا اور ریسیور رکھ دیا تھا اور وہ لیٹ ہو کر لیٹ گئی تھیں۔

مجھے نہیں معلوم، اس رات اور کیا ہوا۔ مالتی جی سو پائیں یا جاگتی رہیں — جگی یا پوری رات بھر

ٹیریس پر ٹہلتے رہے یا جاگتے رہے۔

—— پر اتنا تو ضرور لگا کہ کہیں نہ کہیں اس رات چترمادر کا گھر بھی ابھرا ہوگا..... للّی بھی دوڑتی آئی ہوگی۔ بکھرا ہوا وہ گلاب بلغ بھی آیا ہوگا..... مندروں کے سائے کے تلے سے شاید دونوں ساتھ ساتھ یا اکیلے اکیلے گذرے ہوں گے۔ ڈوبتے سورج کو انہوں نے الگ الگ یا ساتھ ساتھ دیکھا ہوگا.... اور علاقے کے پلاش بن دہکے ہوں گے۔

مجھے وہ سفر یاد ہے، جب ہم بیتوا پار کر کے آئے تھے۔ پاٹ بہت چوڑا تو نہیں تھا، پر بیتوا ہے تو خطرناک۔ اس پار کھڑے ہم بڑی ناؤ کے آنے کا انتظار کر رہے تھے۔ ہم ایک میٹنگ سے ساتھ لوٹے تھے۔ جگّی بابو بھی تھے۔ جیپ سے اتر کر ہم پاس کی چائے کی دکان میں چلے گئے تھے۔ پھاگن کے دن تھے، پر پھر بھی ایک ادھیڑ آدمی بیٹھا آلہا گا رہا تھا..... بیتوا کی شان کا بیان تھا۔ بیتوا طغیانی پر تھی اور اودل کی فوجوں کو پار جانا تھا.....

کچھ جانور بھی جھنڈ میں کھڑے تھے۔ گڈریئے انہیں اس پار لے جانے کے لیے رکے ہوئے تھے۔ آخر اس پار سے مال لے کر بڑی کشتی آئی تھی۔ جیپ، جانور اور ہم سب لوگ اس میں لد گئے تھے۔ اس پار اتر کر جب ہم نے سفر شروع کیا تھا تو پلاش بن دہک رہے تھے۔ پتلے ڈامر کے راستے پر پلاش کے پھولوں کا لال قالین بچھا ہوا تھا۔ جیپ انہیں کچ کچلتی چلی جا رہی تھی۔ مالتی جی بولی تھیں —— ساڑھے پانچ بج گئے۔ چار بجے پہنچنا تھا۔ وہ لوگ انتظار کر رہے ہوں گے!

—— تو کیا ہوا..... اور انتظار کریں گے..... آپ کو سب جگہ کی میٹنگوں کے دعوت نامے قبول نہیں کرنے چاہیے۔ آخر کتنی میٹنگیں ایڈریس کریں گی؟ میں نے کہا تھا۔

—— کیا کریں..... ڈرائیور، ذرا تیز چلاؤ! مالتی جی بولی تھیں۔

—— ڈرائیور! جیپ روکو! اچانک جگّی بابو بولے تھے۔

—— کیوں؟ مالتی جی نے کہا تھا —— کیا ہو گیا!

..... یہ پھول کچلتے ہیں تو من میں جانے کیسا سا ہوتا ہے..... جگّی بابو سڑک پر بکھرے پھولوں کو دیکھ کر پھیلے ہوئے پلاش بنوں کی سمت دیکھنے لگے تھے، اور جیپ سے اتر گئے تھے۔

—— اے، درست کرو ہیلپر! گھڑی دیکھ کر مالتی جی بولی تھیں —— دھیرے چلو گے تب بھی

بھول کچلے جائیں گے! آؤ، جلدی بیٹھو۔ میٹنگ کے لیے بہت دیر ہو جائے گی..... اور مالتی جی نے انہیں بازو پکڑ کر اپنی جانب کھینچا تھا۔ جگی بابو مضمحل سے پھر بیٹھ گئے تھے۔ جیپ چل دی تھی۔

—— ایک بار تم الیکشن ہار جاؤ تو ٹھیک رہے۔ جگی بابو نے شیطانی سے کہا تھا۔

—— پھر وہی بات! مالتی جی نے انہیں پیار بھری ٹیڑھی نظروں سے دیکھا تھا۔

—— اور کیا! ایک بار ہار جاؤ، تو تمہیں کچھ وقت ملنے لگے گا..... اپنے لیے، میرے لیے... سنو، جیتے ہوئے آدمی کے پاس وقت بالکل نہیں ہوتا۔ ہارے ہوئے کے پاس وقت ہی وقت ہوتا ہے! کیوں، غلط کہہ رہا ہوں گرسرن جی! جگی بابو نے مذاق کو اور پھیلاتے ہوئے کہا تھا۔

—— سن لیا گرسرن جی؟ مالتی جی نے مڑ کر پیچھے دیکھتے ہوئے کہا تھا... اپنے گھر میں ہی مخالف بیٹھے ہوئے ہیں! پہلے انہیں ہٹائیے!

اور پوری بات ایک ہلکے مذاق کے ماحول میں گھل گئی تھی۔

مگر آج مجھے لگ رہا تھا کہ ہار یا جیت کا ایک اور میدان بھی ہے۔ اس میں نہ وقت ہے، نہ ضرورت اور نہ فتح۔ اس میں صرف ہار ہی ہار ہے۔ دونوں ہارتے ہیں ایک دوسرے سے۔ ایک بھی جیت جائے تو سب بکھر جاتا ہے۔ پتہ نہیں، مالتی جی اور جگی بابو کو کیا کیا یاد ہو گا! اس رات ان میں سے کون جیتا ہو گا؟ یا دونوں ہارے ہوں گے... لیکن سیاست کا یہ نشہ! کامیابی کا نشہ! کامیابی کی دوڑ میں کوئی تھکتا نہیں..... اس دوڑ کا کوئی پڑاؤ یا منزل ہوتی نہیں ..... کامیاب آدمی صرف دوڑتا رہ جاتا ہے..... اور دوڑنا ہی اس کی کامیابی بن جاتی ہے۔ کیونکہ دوڑتے دوڑتے وہ بھول جاتا ہے کہ اس نے دوڑنا کیوں شروع کیا تھا۔ کامیابی کی منزل صرف کامیابی ہے۔ سیاست میں جو سب سے بڑا فریب ہے وہ یہی ہے کہ دوڑنے والا ہمیشہ کہتا ہے۔ ہم تمہارے لیے دوڑ رہے ہیں! جب کہ سچ یہ ہوتا ہے کہ خود وہ اپنے لیے بھی دوڑ نہیں رہا ہوتا..... کچھ اسی طرح کی دوڑ مالتی جی کی رہی ہے۔ اور اس دوڑ کا نقصان بھگتا ہے وہ الگ۔ جو کامیابی کی اس سیاست کی چپیٹ میں آجاتا ہے۔ تاریخ کی بڑی بڑی کامیابیوں کے دور اصل میں بھیانک ناکامیوں کے دور رہے ہیں...

صبح میری آنکھ فون کی گھنٹی سے ہی کھلی۔ پتہ نہیں کیوں، یکایک لگا، جگی بابو کا فون ہو گا۔ لیکن نہیں، وہ نرسی سیٹھ کا تھا... نمستے کوئی تکلیف تو نہیں... دیکھئے، مالتی جی کی ایک پارٹی

آپ ابھی سے طے کر لیجیے، میری طرف سے۔ ایک شام بک کیجیے۔

بندا اٹھ کر گیا تھا اور لوٹ آیا تھا۔ بتانے لگا۔ ابھی سو رہی ہیں۔

سنتے ہی للو بابو بولے ــــ تب تو لڑ چکیں الیکشن۔ ساڑھے سات بج رہے ہیں۔ اور امیدوار تو اب تک ایک ایک میٹنگ ایڈریس کر چکے ہوں گے۔

تبھی ایک فون آیا ــــ مہلا منڈل والے مالتی جی کی عزت افزائی کے لیے ایک میٹنگ کرنا چاہتے ہیں۔ میں نے للو بابو کو بتایا۔

ــــ ارے چھوڑیے! مہلا منڈل سے ہمیں کیا لینا دینا۔ وقت کہاں ہے؟ منع کر دیجیے۔ پھر اچانک کچھ سوچ کر بولے ــــ ان سے پوچھیے، اگر پانچ سات عورتیں والنٹیر کے طور پر دے سکیں تو دس منٹ کے لیے چلی آئیں گی۔ کہیے، فون پر طے نہیں ہوگا۔ کوئی یہاں چلا آئے۔

تبھی دیکھا، مالتی جی آفس کی سمت چلی آ رہی ہیں۔ ہم سب چوکس ہو گئے۔ آتے ہی بولیں۔ گرسرن جی ادھر آئیے۔

ہم دونوں ایک طرف ہو گئے۔ انہوں نے دھیرے سے پوچھا ــــ لالہ دینا ناتھ کا کام ہو گیا؟

ــــ جی!

ــــ ہاں، تو بتائیے، مجھے کیا کرنا ہے؟ یا یوں ہی بلا کر آپ لوگوں نے بٹھا لیا ہے؟ جلدی جلدی بتائیے۔ کیا پروگرام ہے؟ کہاں کہاں جانا ہے؟ کتنی میٹنگیں ہیں؟ ــــ مالتی جی اپنی رو میں تھیں۔ جگت سنگھ نے ڈائری کھول کر پروگرام بتانا شروع کیا۔ تب تک کچھ لوگ اور بھی آ گئے۔ بھنڈاری جی نے چائے پیش کر دی تھی۔

مالتی جی نے مذاق کیا ــــ اب تو لٹنے کا اندیشہ نہیں ہے؟

بھنڈاری جی کب ماننے والے تھے۔ بولے ــــ لٹوا تو انہوں نے دیا جو کام دوسرے کا کرتے تھے اور روٹیاں کھانے ہمارے یہاں آ جاتے تھے.... گرسرن جی نے لنگر کھلوا دیا تھا۔

جو لوگ شہر سے خبریں لے کر آئے تھے ان میں مرزا صاحب بھی تھے۔ وہ ایک امیدوار کے متعلق کچھ اہم خبریں لے کر آئے تھے۔ انہوں نے فوراً بتانا شروع کیا ــــ دیکھیے اب آپ سنبھالیے۔ نہیں تو یہ الیکشن بازی بہت ٹیڑھا رخ اختیار کر لے گی۔ آپ کو معلوم ہی ہے کہ گل قیصر احمد میدان میں موجود ہیں

ابھی تک تو وہ عقل کی باتیں تو نہیں کر رہے تھے، مگر خطرناک باتیں بھی نہیں کر رہے تھے۔ لیکن اب ان کے ارد گرد وہ سب طاقتیں جمع ہو رہی ہیں، جو بنیادی طور پر کمیونل ہیں۔ وہ فرقوں میں فرق پیدا کر کے دونوں کو ہندو اور مسلمان ووٹوں میں تقسیم کر دینا چاہتے ہیں اور چوری چھپے یہ اعلان بھی کر رہے ہیں کہ بھارت میں اسلام خطرے میں ہے۔ اس لیے ضروری ہے کہ مسلمان اپنے ووٹوں کا استعمال مسلمان کے لیے کریں۔ اور ادھر لالہ دینا ناتھ بالکل ذات کے سہارے چل رہے ہیں۔ وہ بنیوں کو جمع کر رہے ہیں۔ شہر میں ہزاروں لوگ باہر سے گھس پڑے ہیں اور یہاں وہاں تناتنی کا ماحول پیدا کر رہے ہیں .... گل شیر احمد کو تو کسی بھی قیمت پر سمجھایا نہیں جا سکتا، کیونکہ وہ فرقہ پرست ہیں، لیکن لالہ دینا ناتھ جو اس شہر کے جانے مانے سمجھدار آدمی ہیں، انہیں یہ بخار کیونکر چڑھ گیا ہے، یہ سمجھ میں نہیں آتا۔

میں نے مالتی جی کی جانب بھید بھری نظروں سے دیکھا تھا۔ آخر ہمیشہ کی طرح انہوں نے نا کاٹی جا سکنے والی بات کہی ــــــ جن رجحانوں کو ہمیں نیست و نابود کرنا ہے، وہ سامنے اور اوپر نکل کر آجائیں تو اچھا ہی ہے۔ جڑ سے اکھاڑنے کے لیے پودے کو اوپر ہی سے پکڑنا پڑتا ہے۔

مرزا صاحب خوشی سے اچھل پڑے ــــ کیا بات کہی ہے آپ نے! واللہ! آپ کو تو ادب کے فیلڈ میں ہونا چاہیے تھا۔ جی چاہتا ہے آپ کی ہر بات لکھتا جاؤں!

تبھی بیرا آ گیا تھا ــــ جی، ناشتہ لگ گیا ہے۔

اور مالتی جی، میں، مرزا صاحب اور للو بابو ناشتے کے لیے کمرے میں پہنچے تھے۔ ناشتہ میز پر نہیں، نیچے دسترخوان پر لگا تھا۔ دیکھتے ہی مرزا صاحب پھر چہک اٹھے ــــ کیا بات ہے ان ہوٹلوں میں تو میز کرسی سے آدمی نیچے نہیں اترتا .... یہ نیچے بیٹھ کر ناشتے کی بات خوب سوجھی... آپ کا ہی حکم ہو گا یہ؟

ــــ حکم تو خیر میرا نہیں تھا، مگر یوں ارینج ہو گیا۔ مجھے میز کرسی پر بیٹھ کر کھانا اچھا نہیں لگتا مالتی جی نے کہا تھا۔

ــــ سنا ہے، یہاں کے منیجر صاحب آپ کے کوئی قریبی رشتے دار ہیں! مرزا صاحب نے کہا۔

ــــ آپ پراٹھے پسند کریں گے؟ میں نے بات سنبھالی۔

ــــ ارے پراٹھا! ہوٹل کے ناشتے میں! کمال ہے .... میں تو صاحب، بیگم سے کہوں گا،

کھانا کھانا ہو تو آدمی ہوٹل میں کھائے اور رہنا ہو تو سسرال میں رہے۔ یہ اپنے گھر کا رہنا اور اپنے ہی گھر کا کھانا بالکل بے ہودہ چیز ہے! اب تو ہوٹل گھر ہو گئے ہیں اور گھر ہوٹل!.... غلط کہہ رہا ہوں؟ وہ بولے تھے تو سب ہنس دیئے تھے۔ میں مالتی جی کی طرف دیکھ کر چپ رہ گیا تھا۔

—— شام کو آپ کی میٹنگ ہے محلّے میں، مرزا صاحب! میں نے پھر ماحول کو ہلکا کرنے کی کوشش کی۔

—— جی ہاں، مجھے پتہ ہے۔ ہمیں تیاری بھی کرنی ہے۔ گل شیر کے لوگ شاید کچھ سوال کھڑا کرنے کی کوشش کریں گے۔ مگر ہمیں کس کا ڈر ہے! جو ہوگا، سلٹ لیں گے۔ مالتی جی نے کہا تھا۔

اور شام کی میٹنگ میں مالتی جی نے بہت جوشیلی تقریر کی —— تو بھائیو اور بہنو! میرے کہنے کا مطلب صرف یہی ہے کہ آپ بڑے اور کھلے دماغ سے سوچیں، دوست اور دشمن میں فرق کریں اگر ہم ہندو اور مسلمان کی طرح سوچتے رہے تو یہ ملک غارت ہو جائے گا۔ میں گل شیر جیسے امیدواروں کے لیے کیا کہوں جو فرقہ پرستی میں یقین کرتے ہیں اور لوگوں کے مذہبی جذبات کو بھڑکا کر اپنا الو سیدھا کرنا چاہتے ہیں.... مذہب بڑی چیز ہے، مگر ہماری سب سے بڑی ضرورت ہے غریبی اور بھوک کو مٹانا! (تالیاں) مگر دکھ ہوتا ہے لالہ دینا ناتھ جیسے آدمی کو اس روپ میں دیکھ کر جو اپنی ذات کا جھنڈا لے کر کھڑے ہوئے ہیں، ذات کا بھی نہیں کاسٹ کا، میں پوچھتی ہوں کہ ذات برادری کی روایت نے ہمیں کیا دیا ہے؟ اور پھر اس کا انجام کیا ہے؟ ایک برادری میں تو کئی ذاتیں ہیں.... سب بنیا نہیں ہیں، بنیوں میں بھی کچھ اگروال ہیں، کچھ گپتا ہیں، کچھ اور ہیں

......اگر کوئی اگروالوں کے نام پر کھڑا ہو جائے تو کیا ہوگا؟ تب گپتا کہاں جائیں گے؟ کیا گپتا اور اگروالوں کی پریشانیاں الگ الگ ہیں؟ نہیں، بالکل نہیں! یہ خوش حالی کی لڑائی ہندو اور مسلمانوں کی الگ الگ ٹکڑیوں میں بنٹی لڑائی نہیں ہے۔ یہ اگروالوں، گپتاؤں یا برہمنوں کی الگ الگ لڑی جانے والی لڑائی نہیں ہے۔ یہ ملی جلی لڑائی ہے اور سب کی ہے۔ اسی لیے ہمیں فرقہ پرستی، مذہبی اختلافات اور ہر طرح کی ذات برادری پرستی کی مخالفت کرنی ہے! (تالیاں) .... سنا ہے کہ مخالف امیدوار چندر سین نے کھلی میٹنگ میں مجھ سے کوئی سوال پوچھا تھا۔ میں جواب دینے آئی ہوں اور وہ سن لیں ہمارے الیکشن آفس میں اناج اکٹھا نہیں کیا گیا.. جو تھوڑا بہت تھا بھی وہ ان لوگوں میں بانٹنے کے لیے تھا جنھیں کچھ مل نہیں پاتا۔ وہ غریبوں کے لیے تھا۔ اس اناج کو اس غلّہ کو جلا کر چندر سین جی کو کیا ملا؟ نقصان کس کا ہوا؟ غنڈہ گردی سے چناؤ نہیں جیتے جاتے.. تو بھائیو اور بہنو!

ہمیں اس طرح کے موقع پرست لوگوں سے خبردار رہنا ہے اور اپنے ووٹ کا صحیح استعمال کرنا ہے! میں انہیں کہتی کہ آپ ووٹ مجھے دیں۔۔۔۔۔ میرا کہنا صرف اتنا ہے کہ جو آپ کو سب سے صحیح لگے، کیونکہ کیساں سب میں ایں ہیں' اسے ہی اپنی تائید دیں۔ جے ہند!

بیچ بیچ میں تالیاں بجتی رہیں۔ مرزا صاحب بہت خوش ہو رہے تھے۔ میٹنگ ختم ہوئی تو خود مرزا صاحب نے نعرے لگائے۔

مالتی جی! زندہ باد

مالتی جی! زندہ باد

مطمئن مسکراہٹ کے ساتھ مالتی جی جگت سنگھ کی طرف دیکھنے لگیں، جیسے پوچھ رہی ہوں ــــ اب؟

جگت سنگھ نے فوراً ڈائری کھول کر دیکھا اور بتایا ــــ اب ضلع کمیٹی کی طرف سے ڈنر ہے!

ــــ ڈنر؟ کہاں؟

ــــ وہیں ہوٹل میں۔

ــــ کون کون آرہا ہے؟

ــــ ضلع کمیٹی کے لوگ رہیں۔ اور کلکٹر صاحب اور ٹورسٹ افسر صاحب ایک منٹ کے لیے وہیں آپ سے ملنا چاہتے ہیں۔

ــــ اچھا وہیں ملوا دیجئے گا۔

اور ہم سب لوگ ہوٹل لوٹ آئے تھے۔ ہمیں پہنچنے میں دیر ہو گئی تھی۔ وہیں لاؤنج میں کلکٹر صاحب اور ٹورسٹ افسر کو آرام سے بٹھائے جگی بابو باتوں میں الجھائے ہوئے تھے۔ مالتی جی کے پہنچتے ہی وہ دونوں اٹھ کر کھڑے ہو گئے تھے اور جگی بابو ایک طرف کو سرک گئے تھے۔

ــــ کہئے کلکٹر صاحب؟ مالتی جی نے پوچھا ــــ کیا حکم ہے؟

ــــ جی حکم کا کیا سوال۔ انہوں نے ہاتھ جوڑتے ہوئے کہا تھا ــــ یہ اسٹیٹ ٹورسٹ ڈائرکٹر ہیں! جی! آپ کو تو پتہ ہی ہے کہ غیر ملک سے ممبران پارلیمنٹ کا ایک ڈیلیگیشن آج کل آیا ہوا ہے۔۔۔

ــــ ہاں ہاں، آیا ہوا ہے، مگر یہاں کیا ضرورت پڑ گئی؟

—— جی وہ ڈیلیگیشن ادھر کھجوراہو گھومنے آیا ہوا ہے۔ انہیں پتہ چلا کہ اسی علاقے میں الیکشن ہونے جا رہے ہیں۔ سو انہوں نے خواہش ظاہر کی ہے کہ ہندوستانی انتخابات کو دیکھنے کے لیے اگر وہ ایک دن آپ کے ساتھ گزار سکیں ..... تو ..... ٹورسٹ ڈائرکٹر نے ہاتھ ملتے ہوئے بات ادھوری چھوڑ دی۔

—— کب ؟

—— ممکن ہو تو پرسوں۔ ڈائرکٹر نے کہا۔

—— مالتی جی نے جگت سنگھ کی سمت دیکھا۔ جگت سنگھ نے ڈائری دیکھی۔ ٹھیک ہے، کے انداز میں سر ہلایا۔ مالتی جی نے کہا —— ٹھیک ہے، لے آیئے۔ پھر جگت سنگھ سے کہا —— غیر ملکی مہمانوں کے لیے اسی شام ایک استقبالیہ پارٹی یہیں ہوٹل میں ارینج کر دیجیے۔

—— اس موقعے پر شہر کے چھنٹے ہوئے لوگوں کو بلا لیا جائے۔ للّو بابو نے تجویز دی۔

—— جی ہم کریں گے۔ کلکٹر صاحب نے کہا۔

—— نہیں، نہیں، اور لوگوں کا جھنجھٹ مت لگایئے ..... مالتی جی نے کہا۔

—— جی، ٹھیک ہے! کلکٹر نے کہا، پھر مالتی جی کے گلے کی بھاری آواز مارک کرتے ہوئے بولا..... آپ کو شاید سردی لگ گئی ہے۔

مالتی جی نے بات کو ان سنا کرتے ہوئے میری طرف دیکھا، اور کہا —— ٹھیک ہے، تو میں جاؤں۔

—— جی، وہ ضلع کمیٹی والوں کا ڈنر ..... جگت سنگھ نے کہا۔

—— ہاتھ منہ بھی نہیں دھونے دیں گے کیا؟ مالتی جی نے جیسے گلہ کیا —— میں دس منٹ میں آتی ہوں۔ سب تیار رہے کہتی ہوئی وہ لفٹ کی جانب چلی گئیں۔

بڑا ٹیڑھا انتظام تھا۔ ضلع کمیٹی کے ممبران کی الگ الگ ضرورتیں تھیں۔ ایک صاحب کو مونگ کی دال چاہیے تھی۔ دوسرے کو لوکی کی سبزی۔ تیسرے کو بنا نمک کا کھانا ..... جیسے ہی مالتی جی اوپر گئیں، جگت سنگھ لپک کر جگّی بابو کے پاس پہنچا اور دریافت کرنے لگا —— سب چوکس ہے نا! ایک صاحب کو مونگ کی دال ضرور چاہیے۔ اور دوسرے کو پورا کھانا بنا نمک کے چاہیے ... تیسرے کو ...

—— آپ بے فکر رہیے۔ سب انتظام ہو گیا ہے! جگّی بابو نے کہا اور کون کہاں بیٹھے گا، اس کے حساب سے بیروں کو الگ الگ ضرورت کا کھانا پروسنے کے لیے سمجھا دیا تھا۔

اور ہم لوگ اس کمرہ میں پہنچ گئے۔ جہاں ڈنر کا انتظام تھا۔ سب کچھ قرینے سے لگا ہوا تھا۔ سائڈ روم میں بیرے حملہ آور فوجیوں کی طرح تعنات تھے۔ تبھی یکایک جگی بابو نے میز کی سمت دیکھا اور بغل والے کمرے سے جاکر خود ہی ایک فلاور پاٹ اٹھا لائے اور اسے انہوں نے بیچ میں رکھ دیا۔ اور میں نے دیکھا تھا۔ جگی بابو نے سب کی آنکھ بچاکر پیلے گلاب کی ایک کلی فل پلیٹ اور کوارٹر پلیٹ کے بیچ میں رکھ دی تھی، اس سیٹ پر جہاں مالتی جی بیٹھنے والی تھیں۔

کھانا شروع ہوا۔ مالتی جی آئیں۔ نیپکن اٹھاتے ہوئے انہوں نے پیلے گلاب کی کلی کو دیکھا تھا۔ ایک لمحہ کے لیے ان کا ہاتھ رکا تھا۔ ان کی آنکھوں نے دفعتاً خلا میں کچھ دیکھا تھا۔ سبزی پروس لینے کے بعد انہوں نے کلی کو پلیٹ کی کناری کے نیچے سرکا دیا تھا۔

کھانا شروع ہوا تو ضلع کمیٹی کے مونگ کی دال والے گنجی چاند والے میمبر نے ہانک لگائی۔ ارے دال نہیں ہے کیا؟ بیرا دال کا ڈونگا لے کر دوڑ پڑا۔ دال پروس گئی تو انہوں نے پھر آواز لگائی۔ ارے گھی نہیں ہے کیا؟

میں نے انہیں غور سے دیکھا۔ شاید وہ سخت نظر سے کچھ سمجھ جائیں، مگر ان پر کوئی اثر نہیں ہوا وہ کل سات میمبر تھے۔ سب کے سب نہایت اجڈ، گنوار۔ ڈھول سے سنے ہوئے اور اپنے غرور میں مست۔ لیکن ایسے لوگوں کو بھی ساتھ رکھنا پڑتا ہے۔ مالتی جی کا رویہ ہم سبھی دیکھ رہے تھے۔ سب کی جیب میں دس دس، پانچ پانچ ہزار ووٹ پڑے ہوئے تھے۔

انہیں حضرت نے اپنی ٹوپی اتاری، اپنی گنجی چاند کھجلائی اور پھر آواز لگائی ــــ ارے گھی نہیں ہے کیا؟ جگی بابو جب تک دوڑ کر آئیں میں نے ان سے کہا ــــ یہ مکھن ڈال لیجیے ــ ۔۔۔۔۔

ــــ پگھلا ہوا ہو تو ٹھیک رہے! انہوں نے کہا اور جگی بابو نے فوراً ایک بیرے کو حکم دیا کہ مکھن گرم کروا کے لے آئے۔ گرم ہو کر مکھن آئے تب تک جگی بابو نے انہیں سنبھالنے کے لیے کہا ــــ ابھی آرہا ہے ۔۔۔۔ ایک منٹ۔

بیرا گھلا مکھن لے آیا تو جگی بابو نے خود ہی ان کی دال میں مکھن ڈال دیا۔ انہوں نے ہاتھ روکا تو گنجے بابو بولے ــــ ایک چمچہ اور ڈال دیجیے نہ ۔۔۔۔

پگھلے مکھن کا باؤل میز پر رکھ کر جگی بابو ایک طرف کھڑے ہو گئے۔ وہ سمجھ گئے تھے کہ کافی شکل قسم کے سیاسی گھاگ آئے ہوئے ہیں۔

ابھی ایک ممبر کہہ ہی رہے تھے کہ اس سال سوکھے کی وجہ سے کسان پریشان اور بے حال رہا ہے کہ انہیں گنجے بابو نے دال کا نوالہ کھا کر منہ بگاڑا ــــ ارے یہ کیا ہے بھائی؟ چڑھے منہ سے انہوں نے جگی بابو کو

دیکھا ـــ ارے آپ کے اتنے بڑے ہوٹل میں دال بھی ٹھیک سے نہیں بن سکتی کیا؟

ـــ جی کیا ہوا ؟ جگی بابو نے جھک کر دریافت کیا۔

ـــ یہاں کے آپ منیجر بابو ہیں نہ ..... اسے کھا کر دیکھئے نہ! گنجی چاند والے نے کہا اور دال کا چمچہ ان کے منہ کی طرف بڑھایا۔ جگی بابو سکتے میں آ گئے!

ـــ جی ...

ـــ جی، کیا! اسے کھائیے نہ! وہ بہت بدتہذیب طریقہ سے بولے۔

ـــ جی، آپ بتا دیجئے .... جگی بابو نے اپنے غصے اور توہین کو پیتے ہوئے کہا۔

ـــ میں کہتا ہوں، اسے کھائیے نہ! انہوں نے پھر ضد کی۔

مالتی جی نے ادھر دیکھا اور بات کو ٹالنے کے انداز میں جیسے پورے ماحول سے لاتعلق ہو گئیں۔ جگی بابو نے مالتی جی کو ایک لمحہ کے لیے گھورا اور بولے ـــ جی، جو کمی ہو بتا دیجئے ....

ـــ اس میں نمک نہیں ہے! وہ بپھر کر بولے۔ تب تک دوسرے ممبر نے بات سنبھالنے کی کوشش کی ـــ تو نمک ڈال لیجئے نہ!

ـــ بیرا! جگی بابو نے توہین سے سلگتے اور خون کا گھونٹ پیتے ہوئے کہا ـــ صاحب کی دال میں نمک ڈال دو! اور وہ تیزی سے وہاں سے نکل گئے۔

ـــ عجیب ہوٹل ہے، بھائی! گنجی چاند والے حضرت بدبدا رہے تھے ـــ یہاں نہ دال میں نمک پڑتا ہے، نہ گھی! اہنہ ..... اور اوپر سے غلطی بھی نہیں مانتے!

ـــ غلطی کسی کی نہیں ہے! دوسرے ممبر نے کہا ـــ ہم نے بھی مونگ کی دال کے لیے بولا تھا چودھری .... ہم نے ادھر نمک چھڑکا ہوا ہے۔

ـــ ارے تو ہماری دال میں تو نمک ہونا چاہیے نہ! گنجی چاند والے سجن اپنی رٹ لگائے ہوئے تھے۔

ـــ دال تو ایک ہی بنے گی نہ! دوسرے ممبر نے بہت سمجھانے کی کوشش کی۔

آخر للو بابو نے بات بدلی ـــ اس بات کو چھوڑیئے نہ چودھری صاحب .... یہ بتایئے گاؤں میں بہت جھک مارنی پڑے گی یا کم .... مالتی جی بھی کچھ عجیب سا محسوس کرنے لگی تھیں۔ سارا ماحول بگڑ سا گیا تھا۔ خاص طور سے میرے اور مالتی جی کے لیے۔ ایسے نازک موقعے پر کچھ کہا بھی نہیں جا سکتا

تھا۔ میں اٹھ کر بھی نہیں جا سکتا تھا۔ پھر یہ بھی پتہ نہیں تھا کہ مالتی جی میرا اٹھ کر جانا پسند کریں گی یا نہیں۔ شاید نہیں، کیونکہ ضلع کمیٹی کے ساتوں ممبر اپنی اپنی طرح سے بہت اہم تھے ——کم از کم تب تک، جب تک الیکشن کا بخار نہیں اترتا تھا۔ اس طرح کے نہایت اجڈ اور اکھڑ لوگوں کو بھی سنبھالنا پڑتا ہے۔ یہ لوگ گاؤں کے کہلاتے ہیں، مگر گاؤں کے رہ نہیں گئے ہیں۔ کہیں کہیں تو یہ شہر والوں سے بھی زیادہ چالاک اور موقع پرست ہو گئے ہیں۔ موقعے پر کیا کیا گرفت ہونی چاہیے اس کے ماہر! صرف ماہر ہی نہیں، بلکہ مغرور اور بد زباں بھی ..... سو فیصدی گھاگ ! مگر ہمیں تو نبھانا تھا۔ گھل گئے زہر کے باوجود للو بابو اپنی رو میں تھے۔ انہوں نے پھر اپنا سوال دوہرایا —— ہاں تو چودھری صاحب، آپ نے بتایا نہیں، گاؤں کا مورچہ سنبھالنے کے لیے کیا کیا کرنا ہوگا؟

گنجی چاند والے صاحب اب کھانے میں مشغول تھے۔ ایک سلجھے ہوئے ممبر نے بات کا سرا پکڑا۔ بولے —— اب گاؤں میں حالات بدل گئے ہیں۔ چھوٹی چھوٹی پارٹیوں اور غیر ذمے دار لیڈروں نے ماحول بگاڑ دیا ہے۔ انہیں لوگوں کی وجہ سے اب گاؤں والے کسی پر یقین نہیں کرتے۔

—— جی، اور چالاک بھی ہو گئے ہیں۔ دوسرے نے کہا۔

—— میں یہ نہیں مانتی۔ مالتی جی بولیں —— میرا تجربہ ہے کہ ہمارے دیہاتی اب بھی اتنے ہی بھولے ہیں۔ غیر ذمے دار لیڈروں سے وہ ضرور پرہیز کرتے ہیں۔

—— آپ کی بات دوسری ہے! تیسرے ممبر نے سکہ لگایا —— لیکن اب وہ کسی کی سنتے نہیں۔ الیکشن کے دوران تو اور بھی نہیں۔

—— ہری مرچ نہیں ہے کیا؟ انہیں گنجے بابو نے پکار لگائی۔ بیرے نے میز پر سے سلاد کی پلیٹ اٹھا کر ان کے سامنے کر دی۔ انہوں نے مرچ اٹھا کر کتری اور سو سو کرنے لگے —— بہت کڑوی ہے بھائی ..... پھر ادھر ادھر دیکھ کر بولے —— ارے تھوڑی کم کڑوی مرچ نہیں ہے کیا؟

—— اجی، گاؤں کے لوگ بہت بدل گئے ہیں! للو بابو نے تپاک سے کہا —— اور گاؤں کے ہی کیا، شہروں میں دیکھ لیجیے! میٹنگ کیجیے تو ہزار نخرے کرتے ہیں! ووٹ دیتے ہیں تو لگتا ہے احسان کر رہے ہیں ....

—— آپ ٹھیک کہہ رہے ہیں چوتھے ممبر نے کہا۔

—— بھجن! کتھا کر دیئے، رامائن کا پاٹھ کر دلیئے تو فوراً آجائیں گے! للّو بابو نے اپنا پرانا راگ الاپا۔
اس سے اچھا پروپیگنڈے کا ذریعہ اور ہے بھی نہیں۔ کیوں بھنڈاری رام نارائن جی؟ گاؤں کے علاقوں کے لیے رامائن پڑھنے والے پنڈت جی کا انتظام ہو سکتا ہے؟
—— دیکھیں گے! بھنڈاری نے کہا۔
اور مرزا صاحب شہر کی میٹنگوں کے لیے قوالوں کا انتظام ہو جائے تو رنگ ہی جم جائے! للّو بابو اور بھی جوش سے بھر گئے۔
—— کیا بات کرتے ہیں آپ! مالتی جی نے جھڑکا —— آپ کو بھی عجیب عجیب باتیں سوجھتی ہیں۔
اتنا سنتے ہی للّو بابو پر پانی پڑ گیا۔
کھانا ختم ہوا تو سبھی لوگ اپنی اپنی سکیمیں بتاتے ہوئے چلنے لگے۔ ضلع کمیٹی کے دو رکنوں نے اپنے علاقے میں میٹنگ کا دن اور وقت طے کیا۔ میں مالتی جی کو غور سے دیکھتا رہا۔ جگّی بابو باتوں کے دوران کچھ دیر دروازے کے پاس کھڑے رہے تھے پھر جب کھانا ختم ہونے لگا تو وہ چپ چاپ چلے گئے تھے۔ انہوں نے شاید یہ مارک کیا تھا کہ مالتی جی کی آواز بیٹھ گئی ہے۔ چلتے چلتے مالتی جی نے پیلے گلاب کی کلی ہتھیلی میں دبا لی تھی .... یہ میں نے دیکھا تھا اور مجھے یہ اچھا بھی لگا تھا۔
نمستے نمستے ہوتی رہی اور کاونٹر کے پاس سے ہوتی ہوئی مالتی جی جب لفٹ کی جانب چلی گئیں تو جگّی بابو نے اشارے سے مجھے بلا کر کہا۔ نمک کے غرارے کروا دیجئے۔ نہیں تو گلا ایک دم بیٹھ جائے گا۔ .... یہاں کا پانی بھاری ہے۔ رات میں گلے میں کچھ لپیٹ لیں یا سینک لیں تو ٹھیک رہے گا۔
تبھی بندا آیا اور مجھ سے بولا —— آپ کو بلا رہی ہیں!

اور میں اوپر پہونچا۔ مالتی جی شام کے پروگرام سے بہت مطمئن تھیں۔ بولیں —— ٹھیک رہا!
—— بے حد! میں نے کہا۔
—— مرزا صاحب سب سنبھال پائیں گے ...... گل شیر کے مقابلے! وہ بولیں۔
—— لگتا تو ہے ......
—— میرے خیال سے للّو بابو جو کہہ رہے تھے، اس کا انتظام کروا دیجئے ......

— وہ رامائن کی کتھا والا پروگرام ؟ آپ کے رخ سے اس وقت تو للو بابو سہم سے گئے تھے ...

میں نے کہا

— تو یہ سب انہیں سب کے بیچ کہنا چاہیے ؟ یہ سب کام تو آپ لوگوں کو اپنی سوجھ بوجھ سے کرنے چاہیے ..... جیسی ضرورت ہو، جیسا وقت ہو .... میں کہوں گی کہ لوگوں کو جمع کرنے کے لیے رامائن پاٹھ کروایا جائے ؟ ویسے ادھر گاؤں کے لوگوں نے سیاست کی پرواہ کرنا ذرا کم کر دیا ہے، اس لیے یہ ذریعہ برا نہیں ہے۔ مقصد انہیں جمع کرنا ہے ... ضرورت کی بات ہے مالتی جی نے کہا تو میں ان کی خواہش سمجھ گیا تھا۔ سوال یہ نہیں تھا کہ وہ کیا چاہتی تھیں، سوال یہ تھا کہ وہ کیسے چاہتی تھیں۔

ان کی باتوں میں 'ضرورت' اور 'وقت' الفاظ پھر آ گئے تھے۔ اور میں سمجھ گیا تھا کہ اس وقت وہ سیاسی ہو رہی ہیں ان کی باتوں میں 'ضرورت' 'وقت' اور 'جیت' الفاظ تبھی آتے تھے، جب وہ اپنے پورے سیاسی روپ میں ہوتی تھیں۔

میں نے دھیرے سے کہا — آپ کا گلا بھاری ہو گیا ہے۔ نمک کے غرارے کر لیجئے ... سینک کر گلے کو لپیٹے رہیے تو صبح تک آرام ہو جائے گا۔

— یہ پرانا نسخہ آپ کو خوب یاد آیا ... دیکھ رہی ہوں، یہاں میری دیکھ بھال کچھ زیادہ ہو رہی ہے ... مالتی جی نے گہری نظروں سے دیکھا وہ تاڑ گئی تھیں کہ یہ نسخہ میرا نہیں ہے۔

— جی .... جی .... وہ جگی بابو نے ..... میں ہکلانے لگا تھا۔

— میں بھی وہی کہہ رہی تھی .... بے عقل تو نہیں ہوں۔ کہتے ہوئے وہ اپنا ناخون کترنے لگی تھیں اور ایک گہری سانس لے کر کھڑکی کی طرف منہ کر کے کھڑی ہو گئی تھیں۔

یہ لمحہ بہت بھاری تھا۔ میں سمجھ نہیں پا رہا تھا کہ کیا کروں — اور کچھ نہ سمجھ کر میں نے ہچکچاتے ہوئے اتنا ہی کہا تھا — تو .... میں .... جاؤں .....

— نہیں، انہیں بلائیے، مالتی جی کی آواز سپاٹ تھی — اس سلسلے کو سلجھا لینا ہی بہتر ہے ... اس سپاٹ آواز میں بولتے بولتے ان کا لہجہ کچھ پگھلا ہوا ہو آیا تھا — آپ تو

سب جانتے ہیں گرسرن جی ..... میرے پاس اتنا وقت نہیں ہے کہ اس طرح کی باتوں میں پڑ سکوں..... میں یہاں آئی ہوں الیکشن کے لیے.....

—— یہ تو ایک اتفاق کی بات ہے! میں نے جیسے تیسے کہا تھا۔

—— جو بھی سہی..... مگر ہر وقت میں اسے اتفاق نہیں بنے رہنے دینا چاہتی۔ مجھے ضرورت نہیں ہے کہ کوئی میرا اس طرح سے خیال رکھے..... میری زندگی کی ضرورت یہ نہیں ہے.....

مالتی جی نے کہا تو مجھے کچھ برا لگا۔ آخر یہ سب مجھ سے کہنے کی ضرورت کیا تھی۔ بہت طاقت بٹور کر میں نے کہہ ہی دیا —— بہتر ہو، یہ باتیں آپ جگی بابو سے کریں۔ کہیں تو فون کر کے بلا دوں۔

—— بلائیے!

میں نے فون کیا —— جگی بابو، ایک منٹ کے لیے کمرے میں آجائیے۔

وہ فوراً آ گئے۔ وہ جب آئے تب مالتی جی بستر پر بیٹھی ہوئی تھیں۔ یکایک وہ اٹھ کر کھڑی ہو گئیں جگی بابو کی نظر ان کی اونچی اونچی بہنی ساڑھی پر پڑی تو انہوں نے اسے جلدی سے ٹھیک کر لیا۔ آنچل کو قاعدے سے کندھے تک لپیٹ لیا اور بالوں کی لٹوں کو بہتر سمیٹ لیا۔ شاید سب سے بھاری لمحہ یہی تھا۔ مالتی جی کی انگلیاں کانپ رہی تھیں اور وہ اپنی سونے کی چوڑیوں کو کلائی پر اوپر نیچے کرتی رہی تھیں۔ میرا حلق سوکھ رہا تھا۔ اس تکلیف دہ خاموشی کو میں نے ہی توڑا۔ آپ بیٹھیے..

جگی بابو جب مالتی جی کی طرف دیکھتے بیٹھ گئے، تو بہت سمٹ کر مالتی جی بھی کرسی پر بیٹھ گئیں۔ اب میری سمجھ میں پھر کچھ نہیں آ رہا تھا۔ آخر جگی بابو نے ہی اس پل بھر میں جم گئی برف کی چٹان کو توڑا —— ہوٹل میں کوئی تکلیف؟ کوئی شکایت؟ مجھے امید ہے آپ لوگ آرام سے ہیں!

—— میں کچھ اور بات کرنا چاہتی تھی ..... مالتی جی نے کہیں اور دیکھتے ہوئے کہا۔

—— جی کہیے! جگی بابو کی آواز ایک سی تھی۔

—— اگر اجازت دیں تو میں ..... میں چلنے کے لیے اٹھ کھڑا ہوا تھا۔

—— آپ رکیے..... مالتی جی نے کہا، اور میں پتھر کے بت کی طرح پھر بیٹھ گیا۔ پاس رکھے پانی کے گلاس سے ایک گھونٹ لے کر وہ بولیں —— آپ جانتے ہی ہیں کہ میرے آپ کے راستے الگ ہو چکے ہیں!

جگی بابو نے انہیں بہت غور سے دیکھتے ہوئے کہا ــــ جی، اور شاید آپ بھی یہ اچھی طرح جانتی ہیں کہ میرے آپ کے راستے الگ ہو چکے ہیں۔

ــــ یہ اتفاق کی بات ہے کہ ہم یہاں مل گئے ہیں!

ــــ جی، یہ محض اتفاق کی ہی بات ہے کہ ہم یہاں مل گئے ہیں! جگی بابو کی آواز ایک دم صاف تھی۔

ــــ یہ مجبوری تھی کہ میں اس ہوٹل میں ٹھہری۔

ــــ جی، اور اس ہوٹل کی مجبوری یہ ہے کہ میں اس کا منیجر ہوں! اس ہوٹل اور آپ کی اس مجبوری میں میں کیا مدد کر سکتا ہوں؟ جگی بابو نے بات کو سمجھ کر کھولنا چاہا تھا۔

ــــ مدد مجھے نہیں چاہیے! مالتی جی نے ہلکے سُر میں کہا۔

ــــ تو آپ کے خیال سے میں کسی مدد کے لیے اس وقت آیا ہوں!

ــــ میرا مطلب یہ نہیں تھا......

ــــ بہتر ہو آپ بتا دیں کہ آپ نے کس ضرورت سے اس وقت مجھے بلایا ہے... شاید میں بہتر جانتا ہوں کہ ضرورت کے بغیر آپ کے لیے کوئی ضروری نہیں ہوتا، اور وقت کی اہمیت کے بغیر بے وقت آپ کسی کو بلاتی نہیں!

ــــ آپ الزام ہی لگاتے جائیں گے؟ مالتی جی نے کہا تھا۔

ــــ یہ آپ مجھ سے کہہ رہی ہیں، جبکہ میں جانتا ہوں کہ اس وقت بھی کسی الزام کے تحت ہی مجھے بلایا گیا ہوگا! جگی بابو نے کہا۔ اور وہ ہتھیلیاں ملتے ہوئے اٹھ کھڑے ہوئے۔۔

ان کے کھڑے ہوتے ہی مالتی جی بھی بیٹھی نہیں رہ سکیں۔ کھڑے ہوتے ہوئے بولیں ــــ میں جانتی ہوں کہ.....

ــــ آپ کے چاہنے کے مطابق میں نے ہر کام کیا ہے، جو جو آپ چاہتی گئی ہیں، وہ وہ ہوتا گیا ہے! وہ بولے تھے۔

ــــ کہ.... میرا اور آپ کا رشتہ..... یہاں کے لوگوں....

ــــ اوہ سمجھا! یہاں کے لوگوں کو نہ معلوم پڑے! ہنہ... میرا اور آپ کا کوئی رشتہ ہے کیا؟ میں نے تو للی تک کو کبھی اس رشتے کے بارے میں نہیں بتایا.... کیا آپ سمجھتی ہیں کہ چوبا پ

اپنی بچی سے ایک ٹوٹے ہوئے رشتے کے بارے میں چھپاتا رہا ہے، وہ اوروں کو بتاتا پھرے گا؟
مالتی جی نے بہت گہری سانس لی تھی اور باتھ روم کا ناب دبا کر وہ اندر غسل خانے میں چلی گئی تھیں جگی بابو پریشان اور ناراض سے کمرے میں چہل قدمی کرتے رہے تھے اور بار بار باتھ روم کے دروازے کی سمت دیکھتے رہے تھے۔ ایک منٹ بعد مالتی جی چھوٹے تولیے سے بھیگا منہ پونچھتی نکل آئی تھیں۔ ان کی آنکھوں میں آنسو ابھی بھی سوکھے نہیں تھے۔

جگی بابو زیادہ ہی بکھرے ہوئے تھے۔ ایک لمحہ تک وہ مالتی جی کو دیکھتے رہے۔ جب پلکیں جھپکا جھپکا کر مالتی جی نے اپنی آنکھیں کچھ سکھا لیں تو بہت گہری سانس لے کر جگی بابو بولے تھے ـــ دیکھو مالتی جی! میری بات کا برا نہ ماننا۔ ..... تم نے ہمیشہ وہ سب لیا ہے، جو چاہا ہے! جو تمہیں سیدھے سیدھے مانگنے سے نہیں ملا وہ تم نے پیار سے حاصل کیا، جو پیار سے نہیں ملا، وہ تم نے ضد سے لیا۔ جو ضد سے نہیں ملا، اسے تم نے حق سے لینا چاہا۔ اور جہاں تم حق سے کچھ حاصل کر نہیں پائیں، وہاں تم نے آنسوؤں سے سب کچھ پانا چاہا ....! پیار، ضد، حق اور آنسو .... یہ سب مل کر بھی جو تمہیں نہیں دے پائیں گے، وہ بھی میں تمہیں دوں گا! بے فکر رہو۔ جو رشتہ کبھی تھا، اسے جو لوگ جانتے ہوں گے، وہ کم از کم میری طرف سے نہیں جان پائیں گے، یہ میں کر سکتا ہوں... اور یہی کر دوں گا۔

ـــ شاید آپ غلط سمجھ رہے ہیں۔ کچھ جھجک کر مالتی جی نے کہا تھا۔

بہت روکھی اور تکلیف دہ ہنسی کے بعد جگی بابو نے کہا تھا ـــ جب جب تم نے کہا ہے کہ میں تمہیں غلط سمجھ رہا ہوں، صرف تبھی میں نے تمہیں ٹھیک سمجھا ہے ...... تم اب کیا چاہتی ہو، یہ تو شاید میرے علاوہ کچھ اور لوگ بھی سمجھ سکتے ہیں، مگر تم جو چاہتی ہو، اسے کیسے چاہتی ہو صرف میں ہی سمجھ سکتا ہوں .....! جگی بابو نے بول کر گہری سانس لی تھی۔

مالتی جی نے پوری بھری نظروں سے جگی بابو کو دیکھا تھا۔

جگی بابو نے اب کچھ سہج ہو کر کہا تھا ـــ تم پریشان مت ہو۔ تم بہت بڑی لیڈر ہو۔ مجھے معلوم ہے۔ میں اس ہوٹل کا منیجر ہوں۔ یہ تمہیں معلوم ہے! تمہیں چناؤ جیتنا ہے ـــ مجھے اپنا ہوٹل چلانا ہے۔ پھر ایک لمحہ رک کر، جیسے کوئی سخت بات نگل کر وہ بولے تھے ـــ آپ یہاں ٹھہری ہیں۔ ..... میرا اور آپ کا رشتہ صرف منیجر اور مہمان کا ہے! ... انڈر سٹینڈ! ..... گڈ نائٹ، میڈم!

اور جگی بابو تیزی سے دروازہ کھول کر باہر نکل گئے تھے۔ گلیارے میں ان کے دور جاتے ہوئے

قدموں کی آہٹ کافی دیر تک آتی رہی تھی۔

مجھے اندازہ تھا کہ مالتی جی اس واقعہ کے بعد دکھی ہوں گی، مگر ایسا نہیں ہوا۔ وہ پُرسکون تھیں۔ ایسا نہیں کہ ان کے آنسو چھوٹے تھے یا انہیں تکلیف نہیں ہوئی تھی .... مگر اتنا ہی تھا کہ برداشت کرنا بھی انہیں آتا تھا اور پانا بھی۔ کیا سہہ کر کیا پانا ہے، یہ وہ شاید اندازہ لگا لیتی تھیں۔ ہم آپ جیسے لوگ سہنے اور پانے کا توازن نہیں بنا پاتے یا تو ہمیں لگتا ہے کہ ہم نے بہت برداشت کیا ہے اور بہت کم پایا ہے یا کہ ہم نے برداشت تو کچھ بھی نہیں کیا، کھویا بہت زیادہ ہے۔ مالتی جی کی خاصیت یہی ہے کہ ان میں برداشت کرنے، گنوانے اور حاصل کرنے کا ایک عجیب توازن بنا رہتا ہے۔ ایسا نہیں تھا کہ للی کی یاد انہیں نہ آئی ہو یا جگی بابو کے آنے پر وہ ڈانواڈول نہ ہوئی ہوں۔ پر اس وقت جو کچھ انہوں نے سہا یا کھویا، اس کے مقابلے انہوں نے کیا پایا، یہ وہ اچھی طرح جان رہی تھیں .... اور یہ جاننا بھی ان کی کامیابی کا ایک اہم ذریعہ تھا۔

میں خود اندازہ نہیں لگا پاتا کہ وہ رات بھی کیسی گذری ہوگی، کیونکہ جگی بابو کے جانے کے بعد انہوں نے کوئی بات نہیں کی۔ اتنا ہی کہا۔۔۔ آپ بھی جائیے، آرام کیجیے .... اور بندا کو بھیج دیجیے۔

دو تین دن کافی اکھڑا اکھڑا چلتا رہا۔ للو بابو شہر کے الیکشن دفتروں کا دورہ کرتے رہے۔ شہر میں تناؤ ہے، یہ خبریں تو کافی پہلے سے آتی رہی تھیں۔ مرزا صاحب آئے تو اور باتیں معلوم پڑیں۔ یہی کہ کچھ لوگ خاص طور سے باہر سے بلائے گئے ہیں تاکہ موقع پڑنے پر دنگا فساد کھڑا کر سکیں۔ مالتی جی بھی ذرا جلدی میں تھیں، انہیں طالب علموں کی میٹنگ میں تقریر کرنے جانا تھا، اس لیے ہم لوگ ان کے کمرے سے بات چیت کرتے نیچے اتر آئے تھے۔ مرزا صاحب بھی ساتھ تھے۔ ڈرائیور نہ جانے کہاں چلا گیا تھا، جب تک بندا ڈرائیور کو کھوج کر لائے، ہم کاؤنٹر کے پاس کھڑے رہے۔ کاؤنٹر کے اس پار جگی بابو اپنے اسسٹنٹ کو کچھ سمجھا رہے تھے۔

مرزا صاحب نے مالتی جی کو یوں تو سب بتا دیا تھا، پر چلتے چلتے پھر تاکید کی ـــ اگر دنگا ہو گیا تو غضب ہو جائے گا..... حالت ایسی ہے کہ کسی بھی وقت جھگڑا ہو سکتا ہے .... کہتے ہوئے انہوں نے

اپنا پاندان نکالا اور مالتی جی کو پان پیش کیا۔
پان دیکھ کر مالتی جی کھل اٹھیں ـــ یہ وہی گھر والا پان ہے؟
ـــ جی بیگم کے ہاتھ کے ہیں! مرزا صاحب نے کہا۔
ـــ بیگم صاحبہ بہت بڑھیا پان لگاتی ہیں.... مزہ آجاتا ہے.... گرسرن جی آج آپ بھی کھائیے! کہتے ہوئے انہوں نے ایک گلوری دان سے دو پان اٹھا کر منہ میں رکھے۔ تب تک مرزا صاحب نے تمباکو کی ڈبیا بڑھا دی ـــ اصلی زردہ..... زعفرانی..... جو آپ نے اس دن بولا تھا۔
ـــ ارے، یہ زردہ آپ نے منگوا بھی لیا۔
ـــ ایک دکان ہے یہاں، صرف اسی کے یہاں ملتا ہے۔ اپنے کام پر اپنی پیٹھ ٹھونکتے ہوئے مرزا صاحب نے بتایا۔
ـــ واہ! واہ! کہتے ہوئے مالتی جی نے چٹکی بھری۔
کاؤنٹر کے اس طرف سے جگی بابو کی نظریں اچانک مالتی جی کی جانب اٹھیں..... مالتی جی نے بھی شاید اس طرف دیکھا تھا اور ان کی چٹکی زردہ دباتے ہوئے اسی طرح چپکی رہ گئی تھی..... شاید ایک فطری تذبذب کی وجہ سے۔
مجھے یاد ہے، جب بہت پہلے ایک بار مالتی جی نے زردہ کھایا تھا تو جگی بابو نے کہا تھا ـــ زردے کی مہک مجھے اچھی نہیں لگتی مفاد کے لیے زردہ کھانے کی عادت مت ڈالو.....
میری توجہ ان کی چٹکی کی طرف ہی لگی رہی تھی اور میں نے دیکھا تھا، جب وہ کار میں بیٹھی تھیں، تو انہوں نے چٹکی کھول کر زردے کو گرا دیا تھا، اور مجھ سے کہا تھا ـــ گرسرن جی، آپ بھی اسی میں آجائیے۔ راستے میں اتر جائیے گا۔ ذرا پرانے بازار ایریا کی آب و ہوا تو پتہ لگائیے، پوری رپورٹ لائیے!

کار نے مجھے آدھے راستے چھوڑ دیا تھا۔ میں ادھر سے گھومتا گھامتا پرانا بازار ایریا پہنچ گیا تھا۔ کشیدگی سچ مچ تھی۔ وہ علاقہ بھی ایسا ہی تھا۔ نانبائیوں کی دکانیں اور معمولی کام کرنے والوں کے دھندے ـــ سب بے پڑھے لکھے لوگوں کا علاقہ سمجھی ـــ درزی، تالے اور چھاتے بنانے والے۔ چمڑے کا کام کرنے والے، وغیرہ۔ وہاں کے لوگوں سے میں نے حالت دریافت کی۔ معلوم ہوا کہ پولیس تو

سب پر سکون دکھائی دیتا ہے مگر جب جلوس نکلتے ہیں تو کشیدگی بڑھ جاتی ہے۔ جلوس میں ہمیشہ کچھ چہرے ایسے نظر آتے ہیں جو علاقے والوں کے پہچانے ہوئے نہیں ہوتے۔ پتہ نہیں یہ لوگ کہاں سے آئے ہیں۔ میں نے سوچا تھا پنڈا کو آگاہ کرتا جاؤں۔ ایک آدھ کانسٹیبل اگر پوسٹ کر دیا جائے تو کافی ہوگا۔ جگہ جگہ لگے جھنڈوں اور پوسٹروں سے لگ رہا تھا کہ اس علاقے میں گل شیر احمد کا کافی زور ہے۔ ہمارے دفتر پر گنتی کے لوگ موجود رہے تھے۔ ایک بزرگ میاں ٹین کی کرسی پر بیٹھے اخبار پڑھ رہے تھے۔ یہ بھی ہمارے سپورٹر نہیں تھے، انہیں یومیہ ادائیگی پر پرچیاں وغیرہ بنانے کے لیے بھرتی کیا گیا تھا۔ دریافت کیا تو بوڑھے میاں جی نے بتایا — کل شام کچھ ہنگامہ ہوا تھا، سو ڈر کے مارے چاروں کارکن اپنے اپنے گھر بھاگ گئے ہیں۔ کون لوٹ کر آئے گا، کون نہیں، کچھ پتہ نہیں ہے۔

— مجھے دو دن کے پیسے بھی نہیں ملے ہیں۔ میاں جی نے کہا۔

— جب کام ہی نہیں ہو رہا ہے تو پیسے کیسے؟ میں نے کہا۔

— یہ خوب رہی! میں نے ایمانداری سے صرف آپ کی طرف کا کام کیا۔ اس کا نتیجہ یہ کہ میرے پیسے بھی گول! جو دونوں طرف کا کام کرتے ہیں، وہ ہی مزے میں ہیں۔ آپ سے بھی پیسہ پاتے ہیں اور ان سے بھی .... میاں جی نے ذرا ناخوشی سے بات کہی — میں دو دن سے انتظار کر رہا ہوں، روٹی تک خریدنے کے لیے پیسے نہیں ہیں — پوچھیے رام برن سے، اکنی ادھار لے کر کل شام کی روٹی کھائی تھی .....

— آپ کے پیسے آپ کو مل جائیں گے ...... پر یہ دونوں طرف کا کام...

— جی اور کیا؟ چھٹن اور بدری — دونوں گل شیر صاحب کی پرچیاں بھی بانٹتے ہیں اور آپ کی بھی۔ کسی کو کس سے کیا لینا دینا کہ کون جیتتا ہے، کون ہارتا ہے۔ ہمیں آپ کی سیاست سے کیا؟ ہمیں تو کام چاہیے کہ چار پیسے ملتے رہیں اور پیٹ بھرتا رہے — میرا تو جسم نہیں چلتا، نہیں تو میں گل شیر صاحب کا کام اٹھا لیتا ..... میں نے بوڑھے میاں کے ہاتھ میں پانچ روپے رکھے تو انہوں نے کہا — ٹوٹا روپیہ تو میرے پاس نہیں ہے..... دو دن کے چار روپے ہوئے!

— رکھیے .... رکھیے .... کہتا ہوا میں مین بازار کا حال چال جاننے چلا گیا۔

خبر اچھی نہیں ہے۔ یہ میں نے لوٹتے ہی مالتی جی کو بتا دیا تھا۔ شہر کے اخباروں میں بھی پچھلے دنوں

سے چھٹ پٹ گالی گلوج اور مار پیٹ کی وارداتوں کی خبریں آ رہی تھیں، جو انتخاب کی سرگرمیوں کا درجہ حرارت بتاتی تھیں۔ للو بابو برابر شہر کا دورہ کرتے رہے اور چوتھے دن صبح سے ہی بری خبریں آنے لگیں۔ پرانے بازار ایریا میں جم کر مار پیٹ ہو گئی تھی۔ پانچ سات لوگ زخمی بھی ہو گئے تھے۔ لوگوں کا کہنا تھا کہ مرزا صاحب کے محلے میں مالتی جی کی جو شاندار میٹنگ ہوئی تھی، اس کے بعد گل شیر احمد کے پیر تلے کی زمین کھسک گئی تھی۔ اس لیے وہ ان حرکتوں پر آمادہ تھا۔ ہم سب پریشان بیٹھے ہوئے تھے۔ کچھ سمجھ میں نہیں آ رہا تھا۔ للو بابو مالتی جی کے پاس گئے ہوئے تھے۔ میں بھی الیکشن آفس سے نکل کر مالتی جی کے کمرے کی طرف چلا تو گیٹ کے پاس جگی بابو مل گئے۔ انہوں نے مذاق ہی میں پوچھا — کہئے گرسن جی، آپ کے والنٹیئر تو سبھی سلامت ہیں!

میں ایک منٹ کے لیے رکا ہی تھا کہ للو بابو لفٹ سے نکل کر تیزی سے میرے پاس آئے اور بولے۔ بھیئے، مالتی جی نے ابھی طے کیا ہے کہ وہ دنگا فساد کی گرفت میں آئے علاقہ کا دورہ کریں گی۔ ...... وہاں کے لوگوں سے ملیں گی .... آپ سب لوگ تیار رہیے ...... سب لوگ ساتھ جائیں گے ...

— لیکن وہاں جانا ٹھیک ہوگا؟ میں نے یوں ہی پوچھا۔ خطرہ بہت ہو سکتا ہے!

— خطروں سے ڈرتے ہو تو پالٹیکس میں کیوں آئے ہو! بھیئے! للو بابو نے اپنے لہجے میں کہا اور لپکتے ہوئے دفتر کی طرف چلے گئے۔

— اچھا میں ذرا چلوں! کہہ کر میں نے جگی بابو کو وہیں چھوڑا اور اوپر چلا گیا۔

فون کھڑکنے لگے اور یہ خبر ان سب لوگوں کو دے دی گئی، جو بھی فون پر مل سکتے تھے، کہ مالتی جی دنگا زدہ علاقے کا دورہ کریں گی ..... وہ ایک جلوس کی رہنمائی کرتی ہوئی جائیں گی، اس لیے جو بھی آ پائیں، یہیں ہوٹل میں جمع ہو جائیں۔

دیکھتے دیکھتے خاصی بھیڑ جمع ہو گئی۔ چھوٹے موٹے لوگ تو نیچے دفتر کے پاس ہی کھڑے رہے، پر جو خاص تھے وہ مالتی جی کے کمرے اور برآمدے میں جمع تھے۔ جگت سنگھ نے لاٹھیوں میں جھنڈے پہنا دیئے تھے۔ بھیڑ کو جلوس کی شکل میں چلنے کا طریقہ سمجھا دیا تھا۔

میں نے دیکھا تھا، جگی بابو کچھ پریشان سے گلیارے میں ٹہل رہے تھے۔ میں نے جا کر پوچھا۔ جگی بابو کیا بات ہے؟

—— کچھ نہیں! کہہ کر وہ لفٹ کے پاس کھڑے ہو گئے تھے۔ تبھی مالتی جی چار پانچ لوگوں کے ساتھ نکلی تھیں۔ للو بابو سے انہوں نے اتنا ہی کہا تھا —— ان لوگوں کو بھی بتا دیجیے ذرا .....
اور للو بابو نے سب کو روک لیا —— سنئے سنئے .... اور پندرہ بیس لوگوں کا وہ مجمع جو مالتی جی کے لیے رکا ہوا تھا، للو بابو کے گرد جمع ہو گیا تھا۔
مالتی جی لفٹ میں چلی گئیں تو جگی بابو بھی یکایک اسی میں گھس گئے تھے۔ لفٹ نیچے جا رہی تھی اور جگی بابو نے بہت جھجکتے ہوئے مالتی جی سے کہا تھا —— وہ علاقہ بہت خطرناک ہے۔ میرے خیال سے آپ کو وہاں نہیں جانا چاہیے! میں اپنے کو روک نہیں پایا اس لیے کہہ رہا ہوں! یوں مجھے کوئی حق نہیں ہے کہ کچھ بھی کہوں یا رائے دوں ......
مالتی جی کی آنکھیں چھلچھلا آئی تھیں۔ انہوں نے عادت کے مطابق پلکوں کو جھپکا جھپکا کر آنسو سنبھالنے کی کوشش کی تھی ..... مگر نہ سنبھال پانے کی وجہ سے اپنے ہینڈ بیگ سے دھوپ کا چشمہ نکالا تھا۔ اور چپ چاپ لگا لیا تھا۔ شاید اسی لیے کہ جگی بابو ان کی آنکھوں میں آنسوؤں کو نہ دیکھ پائیں۔
لفٹ سے نکل کر جگی بابو سیدھے اپنے کیبن میں چلے گئے تھے۔ مالتی جی لابی میں پہنچی تھیں، تو باہر کھڑے لوگوں نے انہیں گھیر لیا تھا۔ چھوٹے سے جلوس کی تیاریاں تھیں

آخر جب سب جمع ہو گئے تو للو بابو نے نعرہ لگایا —— ہندو مسلم!
بھیڑ نے ساتھ دیا —— بھائی بھائی!!
اور ایک چھوٹا سا جلوس چل دیا۔ کچھ لوگ سائیکلوں پر تھے۔ مالتی جی اور ہم لوگ جیپ پر تھے۔ للو بابو نے پختہ انتظام کر دیا تھا۔ بستی کے پاس تک آ کر مالتی جی جیپ سے اتر پڑی تھیں۔ جلوس کی بھیڑ بھی کچھ منٹوں میں ہی پاس آ گئی تھی۔ وہاں پر کچھ لوگ مرزا صاحب کے ساتھ انتظار کر رہے تھے۔
کچھ دیر وہاں بات چیت ہوتی رہی۔ ایک کارکن نے تجویز دی —— پولس کا انتظام رہے تو ٹھیک ہے۔
سنتے ہی للو بابو بھڑک گئے —— بھیئے! کیا بات کرتے ہیں آپ؟ میرے ساتھ نعرہ لگائیے —— مالتی جی!
وہ سب جن چیخے —— زندہ باد!
للو بابو چیخے —— ہندو مسلم!

مرزا صاحب اور بھیڑ نے ساتھ دیا — بھائی بھائی!

اور جلوس چل دیا — مالتی جی کے آگے آگے مرزا صاحب اور للو بابو تھے — کچھ ایک لوگ اور، جو اسی محلے کے تھے۔ ہم پرانے بازار ایریا میں گھسے تو تمام لوگ تماش بینوں کی طرح دونوں طرف جمع تھے جلوس پرانے بازار میں اپنے الیکشن دفتر پر آکر رک گیا۔

بوڑھے میاں نے فوراً بیٹن کی کرسی مالتی جی کے لیے حاضر کی۔

مرزا صاحب نے مورچہ سنبھالا — حاضرین! ... آج مالتی جی خود آپ سب سے ملنے اور کچھ کہنے آئی ہیں۔ کل سے، جب سے انہیں پتہ چلا کہ بدمعاش غنڈوں نے یہاں مار پیٹ کی ہے اور بھائیوں بھائیوں میں تفرقہ پھیلانے کی کوشش کی ہے، تب سے مالتی جی بری طرح بے چین ہیں — ... یہ کام ان جاہل اور فرقہ پرست لوگوں کا ہے جو انسانی قدروں کو دھول میں ملا دینا چاہتے ہیں ... غریب اور ان بھوکے لوگوں کو، جو زندگی کی جدوجہد میں اپنا خون پسینا بہا رہے ہیں، یہ وحشی لوگ انہیں خونخوار جنگلی جانوروں میں بدل دینا چاہتے ہیں۔ تاکہ وہ آپس میں لڑتے رہیں، اپنے بھائیوں کی گردنیں کاٹتے رہیں؛ اور ان لوگوں کے خلاف نہ اٹھ کھڑے ہوں جو سچ مچ ان کا خون چوستے ہیں — غریبوں کا خون چوسنے والے طبقے کی یہ سازش ہے کہ غریب ایک نہ ہونے پائیں .... تبھی اس چھوٹے سے مجمعے میں سنسنی سی ہوئی۔ للو بابو کل کی مار پیٹ میں زخمی ہوئے، پٹی باندھے، دو لوگوں اور ایک بچے کو لیے ہوئے چلے آ رہے تھے۔ ان زخمی لوگوں کو انہوں نے فوراً مالتی جی کے سامنے پیش کیا ....

مالتی جی ان لوگوں کے ساتھ کھڑی کچھ باتیں کرتی رہیں! پریس فوٹو گرافر بھی آ گیا تھا؟ اس نے تصویریں اتاریں اور مرزا صاحب بولتے رہے — انہیں دیکھیے! اس بچے کو دیکھیے ... اس معصوم نے کس کا کیا بگاڑا تھا؟ مرزا صاحب نے زخمیوں کی طرف اشارہ کیا — میں کہتا ہوں .... یہ وحشی پن ہمارے شہر میں نہیں چلے گا ... ہمارے صوبہ میں نہیں چلے گا .... ہمارے ملک میں نہیں چلے گا! ہم ان طاقتوں سے لڑیں گے، ان وحشی طاقتوں سے ٹکر لیں گے جو یہ گھنونے اور ذلیل کھیل کھیل رہی ہیں — ....

تبھی کچھ شور مچا۔ کچھ نعرے سنائی دیئے — چندر سین! زندہ باد! گل شیر احمد! زندہ باد! کچھ ہلچل سی ہوئی۔ کچھ لوگ گھبرائے۔ گلی کے دہانے کی طرف سے چندر سین اور گل شیر احمد کے سپورٹر

ملا جلا جلوس لیے چلے آ رہے تھے۔ گلی میں بھیڑ بڑھ گئی تھی۔ ہماری چل رہی میٹنگ کے پاس آتے ہی ان مخالفوں نے نعرے لگانے شروع کیے۔

یہ جھوٹا ناٹک!

بند کرو، بند کرو!

ہم لوگوں کو بھی جوش آ گیا تھا۔ ہمارے سپورٹر ان کی مخالفت میں نعرے لگانے لگے۔

چندر سین! مردہ باد!

گل شیر احمد! مردہ باد!

تب ان لوگوں کی طرف سے نیا نعرہ آیا۔

آلتی مالتی! بستہ کیوں نہیں باندھتی!

جنتا تیرے خلاف ہے! کہنا کیوں نہیں مانتی!

اور وہ لوگ اس نعرے کو کیرتن کی طرح زور زور سے گانے لگے۔ ادھر سے بھی جوش لہرا آیا۔

چندر سین! دلال ہے!

گل شیر احمد! کلال ہے!

نعروں کی یہ لڑائی کچھ دیر چلتی رہی..... اور جوش و خروش میں ہاتھا پائی ہو گئی۔ پتھر بازی ہوئی۔ بھگدڑ مچی اور چیخ و پکار کے ساتھ سب کچھ تباہ و برباد ہو گیا۔ مالتی جی ایک پتھر سے زخمی ہوئی تھیں۔ بوڑھے میاں بھی اپنا کمر اور گھٹنا پکڑے وہیں چبوترے پر پڑے بلبلا رہے تھے۔ مالتی جی کو ہم لوگ اندر کوٹھری میں لے آئے تھے۔ للو بابو نے فوراً اپنے جھولے سے کپڑا نکال کر پٹی پھاڑی اور مالتی جی کے سر پر باندھ دی۔

پولس بھی آ گئی تھی۔ گلی میں سناٹا چھا گیا تھا۔ پتھر اور ڈھیلے جہاں تہاں پڑے تھے۔ کچھ چپلیں اور ٹوٹے ڈنڈے پڑے تھے۔ دکانیں آناً فاناً بند ہو گئی تھیں۔ پٹری پر بیٹھنے والے چھوٹے موٹے کاروباری لوگ اپنی چیزیں سمیٹ کر ادھر ادھر تتر بتر ہو گئے تھے۔

کوٹھری سے ہم لوگ باہر نکلے تو بوڑھے میاں کو دیوار کا سہارا لیے کراہتے دیکھا۔ للو بابو نے نسخہ بتایا۔

بھیئے، آپ اس پر کڑوے تیل کو گرم کر کے مالش کریں.....

اور مالتی جی کو لے کر ہم ہوٹل لوٹ آئے تھے۔

یوں بھیڑ تو کم ہو گئی تھی، پر جو بھی سنتا کہ مالتی جی کے چوٹ لگی ہے، وہ ملنے اور دیکھنے چلا آرہا تھا۔ خاصہ جھمیلا ہی ہو گیا۔ للو بابو سب کو بتا رہے تھے ــــ کوئی طریقہ ہے بھئے! امن کی میٹنگ میں بدامنی! آپ ہی بتائیے، یہ کوئی طریقہ ہے بھئیے!

جگی بابو کو میں نے بتایا تھا کہ مالتی جی کے چوٹ آگئی ہے۔ یوں بھی انہیں پتہ چل ہی جاتا۔ سر پر بندھی پٹی سب نے دیکھی تھی۔ ملنے والوں کی بھیڑ ٹوٹ نہیں رہی تھی۔ آخر ہم نے لوگوں کو روکنا شروع کیا۔ جگی بابو دو بار لوٹ چکے تھے۔ مالتی جی کے باہر والے کمرے میں بھیڑ تھی، اور بیڈ روم میں بھی آدمی گھسے ہوئے تھے۔

آخر شام کے بعد تانتا ٹوٹا۔ کھانا وہیں بیڈ روم میں منگوا لیا گیا۔ جگی بابو تیسری بار آئے تو بیڈ روم میں کچھ لوگوں کو دیکھ کر باہر کمرے میں ہی انتظار کرتے رہے....

للو بابو اب اپنے پورے رنگ میں تھے۔ ساری کارروائی کا سہرا اپنے سر باندھتے ہوئے بولے۔ اب بتائیے کیسی رہی!

مالتی جی دھیرے سے مسکرا دیں۔ کچھ بولتے بولتے رکیں۔ پھر کہنے لگیں۔ للو بابو، ہوا تو سب ٹھیک ہی..... لیکن .....

ـــــ دیکھئے، چناؤ کا معاملہ ہے، اس میں لیکن ویکن نہیں چلتا! ہاں! ہر کام طے کر کے ہی کیا جاتا ہے.... میں نے پہلے ہی بدری کو سب بتا دیا تھا.... جب تک آپ کے چوٹ نہیں لگتی ہنگامہ چلتا رہتا! ہاں..... للو بابو نے کہا تو میں نے ٹوکا ــــ مان لیجئے، چوٹ زیادہ ہی آجاتی تو....

ـــــ ارے بھئیے، تم ابھی بچے ہو۔ کیسے چوٹ زیادہ آجاتی؟ جتنی چوٹ طے کی گئی تھی، اتنی ہی آسکتی تھی!... للو بابو نے مجھے پھٹکار دیا تھا۔

میں چپ چاپ باہر والے کمرہ میں چلا آیا تھا۔ جگی بابو راستے میں کھڑے تھے۔ میں نے ان کے بازو پر ہاتھ رکھ کر اندر چلنے اور مالتی جی کو دیکھنے کے لیے اشارہ کیا، تو انہوں نے اشارے سے کہہ دیا ـــــ نہیں، اب نہیں .....

اور دکھی سے اور حیرت زدہ سے کمرے سے نکل کر وہ اپنا ٹیرس پر چلے گئے تھے۔

میں بھی چپ چاپ نیچے دفتر میں چلا آیا۔ نہ کسی بات کی خوشی تھی، نہ اطمینان۔ اگر کہوں کہ ملال تھا، تو یہ بھی غلط ہوگا۔ ملال بھی نہیں تھا۔ اتنی زیادہ سچائی برتی بھی نہیں جا سکتی۔ شاید جگی بابو کے سامنے بات کھل جانے سے ہی مجھے کچھ دکھ ہوا تھا۔ نہیں تو بہت سی باتوں کے لیے یوں بھی آنکھیں پھیرنی پڑتی ہیں۔ خیر جو ہوا، سو ہو گیا تھا۔

کچھ دیر بعد للو بابو بھی آ گئے۔ وہ جیت کے نشے میں تھے۔ اسی وقت لالہ دینا ناتھ کا ایک آدمی آ گیا۔ آتے ہی اس نے کہنا شروع کیا — مرزا صاحب کے محلے والی میٹنگ میں مالتی جی نے جو کچھ لالہ دینا ناتھ کے لیے کہا تھا، وہ اچھا نہیں ہوا ہے!

— کیا اچھا نہیں ہوا ہے، بھیئے؟ للو بابو نے بیچ میں ٹوکا۔

— یہی کہنا کہ لالہ جی ذات پرستی کی بنیاد پر الیکشن لڑ رہے ہیں ....

— تو اور کیا کہا جاتا؟ آپ ہی بتلایئے بھیئے! للو بابو بولے۔

— کچھ بھی اور کہا جاتا!

— ارے بھیئے، لگتا ہے تم برا مان گئے ہو......

— لالہ جی نے بہت برا مانا ہے ....

— پہلا الیکشن لڑ رہے ہیں نہ لالہ جی، اسی لیے! دوسرا تیسرا لڑیں گے تو برا ماننا چھوڑ دیں گے۔ سمجھے بھیئے! الیکشن کا دھرم یہی ہے کہ سب کچھ کہا جائے، پر کبھی بات میں کبھی یقین نہ کیا جائے ...... سمجھے بھیئے!

— لیکن یہ تو اور بھی غلط بات ہے! اس آدمی نے کہا۔

— آپ نہیں سمجھیں گے .... بھنڈاری جی! انہیں ایک اٹھنی دے دو بھیئے! — آپ جا کے ایک گلاس دودھ پیو اور آرام سے سو جاؤ جا کے۔ یہ چکر آپ کی سمجھ سے پرے ہے .... ہاں .... کہہ کر للو بابو لیٹ گئے۔ — اور ہمیں بھی سونے دو .... سمجھے بھیئے!

وہ آدمی خود کو بے عزت ہوا سا محسوس کرتا اٹھ گیا۔

اس کے جاتے ہی للو بابو نے اپنی مکسچر کی شیشی نکالی اور عادتاً اسے ہلا کر ایک خوراک پی گئے۔

—— یہ مکسچر تو اسی رات ختم ہو گیا تھا للّو بابو۔... آپ نے تینوں خوراکیں پی لی تھیں۔ ڈاکٹر کے یہاں بھی نہیں گئے۔ یہ شیشی پھر کیسے بھر گئی ؟ میں نے پوچھا تو للّو بابو سادہ لوحی سے ہنس دیئے اور بولے۔ بھیئے ! تم بھی ایک خوراک پی لو تو طبیعت ہری ہو جائے گی !..... ذرا نمکین کا انتظام کر دیجئے ! کہتے ہوئے انہوں نے دوسری خوراک پر انگوٹھا لگایا اور لے کر بھی پی گئے۔

پھر دانت پیستے ہوئے بولے —— کیا کریں بھیئے، اپن لوگوں کی زندگی ہی ایسی ہے..... اس زندگی کا گرومنتر ہے۔ ہر کام کرو پر اس کی شکل بدل کر کرو.... سمجھے بھیئے !

میں للّو بابو کو شاید اب اچھی طرح سمجھنے لگا تھا۔ بھنڈاری نے بتایا کہ انہوں نے رامائن باچنے والے پنڈت جی کا انتظام کر دیا ہے۔ دوسرے دن دوپہر کو ہی ایک جیپ سے للّو بابو نے پنڈت جی کو پورے تام جھام کے ساتھ سہور گاؤں پہنچا دیا تھا۔ مکھیا جی نے رامائن پاٹھ کی خبر اپنے گاؤں اور آس پاس کے گاؤں کے لوگوں کو پہنچا دی تھی۔ مولی، پان، سپاری، تلسی دل، پرساد اور ہون کی پوری سامگری کا انتظام للّو بابو نے کر دیا تھا۔

ہم جب مالتی جی اور غیر ملکی لوگوں کے ساتھ گاؤں پہنچے تو رامائن پاٹھ ختم ہو چکا تھا ہون چل رہا تھا۔ غیر ملکی لوگ یہ سب دیکھ کر بہت خوش ہوئے تھے اور سب باتوں کو جاننے میں لگے تھے۔ پنڈت جی بھی سمجھ دار نکلے۔ مالتی جی کو دیکھتے ہی بولے —— میا، آپ بہت بھاگ وان (قسمت والی) ہیں.... بھگوان کی اچھا (مرضی) کے بغیر ان کی پوجا میں کوئی سنگت (شامل) نہیں ہو پاتا ! ان سب کا اور آپ کا بھاگیہ (نصیب) ایک ڈور میں بندھا ہے ! کہتے ہوئے انہوں نے جمع ہوئے گاؤں والوں کی طرف اشارہ کرتے ہوئے مالتی جی سے کہا —— آیئے ہون کیجئے !

—— ان سے بھی ہون کروا دو۔ للّو بابو نے غیر ملکی مہمانوں کی طرف اشارہ کرتے ہوئے مجھ سے کہا۔ میں نے مہمانوں کو بتایا کہ وہ چاہیں تو ہون میں شامل ہو جائیں۔ مالتی جی نے تب تک ان کی ہتھیلیوں میں ہون کی سامگری تھما دی اور غیر ملکی لوگ بھی ہون میں شامل ہو گئے۔ گاؤں والے نہال ہو گئے۔ جو اِدھر اُدھر تھے، وہ بھی جمع ہو گئے۔ گاؤں کی عورتیں تجسس سے گھونگھٹ دبا دبا کر یہ حیرت انگیز نظارہ دیکھتی رہیں..... اور گاؤں بھر میں مالتی جی کے اس کرشمے کی تعریف پھیل گئی —— ارے وہ تو

انگریزنر سے کبھی ہون کروالیتی ہیں۔ مجسم پاروتی ہیں......

ہون کے بعد پنڈت جی نے جے کارا لگایا۔۔۔ بول سیاور رام چندر کی ..... جے! بھیڑ نے جوش سے ساتھ دیا۔

اور پنڈت جی کے جے جے کے نعرے ختم ہوتے ہی للو بابو نے اپنا نعرہ لگایا۔۔۔ بول مالتی جی کی۔

۔۔۔۔ جے! بھیڑ نے اسی طرح ساتھ دیا۔

گاؤں ہم نے سر کر لیا تھا۔ اب میٹنگ میں کچھ رکھا نہیں تھا' جو کام ہونا تھا وہ ہو چکا تھا غیر ملکی مہمانوں کے آنے اور ہون میں ان کے شامل ہو جانے کا اثر پیر لگا کر گاؤں گاؤں چل پڑا ہے' اس کا احساس ہمیں دوپہر ہونے لگا تھا' کیونکہ سہور کے پاس کے گاؤں کے لوگ بھی رامائن پاٹھ میں آئے ہوئے تھے۔

ہم کوئی موقع چوکنا نہیں چاہتے تھے۔ پرساد خوب بانٹا گیا اور للو بابو کی عقل کی داد دینی ہی پڑی۔ سنہ گنگا جلی میں تلسی دل ڈالے آچمنی لیے سب کو چرنامرت بانٹ رہے تھے اور کہتے جاتے تھے۔۔۔ بھگوان کا چرنامرت گواہ ہے ..... ہمارا ساتھ دینا! سوگند ہے رام کی! بھولنا مت!

اور پھر جم کر جلسہ ہوا۔ گاؤں والے سوکھا پانی سے اتنے دکھی نہیں تھے' مگر شہر کے سرکاری عملہ اور کھاؤ لوگوں سے کڑھے ہوئے تھے۔ مالتی جی نے ہوا کا رخ دیکھ کر میٹنگ میں تقریر کی۔

بیسک اسکول کی ایک میز لگا کر اسٹیج بن گیا تھا۔ اسکول سے ہی کرسیاں بھی آ گئی تھیں۔ مالتی جی' غیر ملکی مہمان' للو بابو ہیں اور کھنڈاری جی کرسیوں پر جمے ہوئے تھے۔ مکھیا جی ہمارے ساتھ تھے۔ جگت سنگھ عوام میں بیٹھے تھے۔ مالتی جی نے سرکاری عملہ اور بے ایمان پٹواریوں' نائب تحصیلداروں اور بی ڈی او کے متعلق کھل کر باتیں کیں۔ انہوں نے کہا۔۔۔ مجھے معلوم ہے کہ گاؤں جیسی ایمانداری شہر میں نہیں ہے' مجھے یہ بھی معلوم ہے کہ جب آپ گاؤں والے اپنی مشکلات لے کر کورٹ کچہری یا سرکاری دفتروں میں جاتے ہیں تو وہاں کے چھوٹے چھوٹے چپراسی اور بابو لوگ پیسہ لیے بغیر آپ کا کام نہیں کرتے۔ آپ کو پریشان کرتے ہیں۔ جگہ جگہ ایسے بدعنوان' بے ایمان' کھاؤ لوگ گھس گئے ہیں..... ہم ان کا صفایا کریں گے' مگر اس کا مطلب یہ نہیں کہ سب پر شک کریں۔۔۔ ایماندار لوگ بھی ہیں جو آپ کی خدمت کرنا چاہتے ہیں' جو اس بدعنوانی اور کھاؤ پنے کو ختم کرنا چاہتے ہیں..... دیکھئے! پانچوں انگلیاں برابر نہیں ہوتیں..... کہتے ہوئے مالتی جی نے اپنا ہاتھ اٹھا کر بات سمجھائی......

بھیڑ میں بیٹھے جگت سنگھ نے تالی بجائی اور پوری بھیڑ تالی بجانے لگی۔

بغل میں بیٹھے ہوئے غیر ملکیوں میں سے ایک نے جاننا چاہا کہ مالتی جی نے کیا بات کہی ہے تو للّو بابو نے آدھی انگریزی اور آدھی ہندی میں اسے سمجھایا — شی ٹولڈ، ہاتھ کی سب انگلیاں "آل فنگرز ناٹ برابر، ایکول! ہمارے درمیان سب آدمی بیڈ پیپل بھی ہیں اور گڈ پیپل بھی ہیں۔

ابھی مالتی جی کا ہاتھ اٹھا ہوا ہی تھا کہ بھیڑ میں سے ایک بوڑھا پاگل سا آدمی اٹھ کر چیخا — انقلاب... زندہ باد! اور نعرہ لگانے کے بعد اس نے نوالہ پکڑنے کی طرح انگلیوں کو ملایا اور وہاں سے مالتی جی سے بولا — مگر دیکھو! کھاتے بخت سب برابر ہو جاتی ہیں! اور وہ بوڑھا پاگل سا آدمی اپنی انگلیوں کو ملائے بھیڑ کو دکھاتا رہا — ہاں! ایسے کھاتے بخت برابر ہو جاتی ہیں! .... ای آئی آر، پی سی آئی — یعنی رام پرساد بسمل!

اس بوڑھے پاگل سے آدمی کا ردِ عمل دیکھ کر سب گاؤں والے ہنسنے لگے۔ غیر ملکی شخص نے بڑے اشتیاق سے جاننا چاہا کہ بڈھا کیا کہہ رہا ہے، تو للّو بابو نے سمجھایا — وہ کہہ رہا ہے .... ہی ٹولڈ... کہ ہم سب آپ کے ساتھ ہیں، جیسے یہ ملی ہوئی انگلیاں ہیں .... لائک دیز جوائنٹ فنگرز، وی آر ٹوگیدر۔

جوش میں آکر غیر ملکی نے تالی بجانا شروع کر دیا! اس نے اپنے ساتھیوں کو بھی بتلایا تو وہ بھی تالی بجانے لگے۔ مالتی جی نے تھوڑی پریشانی سے ان لوگوں کی طرف دیکھا اور خود بھی تالی بجانے لگیں۔ للّو بابو نے بھی ساتھ دیا، اور بھیڑ بھی تالیاں بجانے لگی۔ جگت سنگھ اس بوڑھے پاگل سے لگتے آدمی کو لے کر بھیڑ سے نکل گیا۔ اس کا میٹنگ میں بیٹھنا خطرناک تھا۔

ایک لمحہ بعد مالتی جی نے سب کو خاموش کرتے ہوئے کہا — یہ غیر ملکی دوست بھی کتنے خوش ہیں! آپ نے دیکھا۔ یہ خوش ہیں کہ ہمارے یہاں ہر آدمی کو اپنی بات کہنے کی چھوٹ ہے اور ہم سب ساتھ ہیں..... کہ آپ سب ہمارے ساتھ ہیں ..... یہی ہماری طاقت ہے! ہم آپ کے ہیں اور آپ سب ہمارے! میں آپ کو یقین دلاتی ہوں کہ آپ کی پریشانیاں ہم ختم کریں گے .... لیکن یہ تبھی ہو سکتا ہے جب آپ اسی طرح ہمیشہ ہمارا ساتھ دیں جیسے آج دیا ہے — جے ہند!

میٹنگ ختم ہوئی تو سب بہت خوش تھے۔ ذرا زیادہ ہی خوش تھے۔ اس بوڑھے پاگل سے

آدمی کے متعلق پوچھنے پر پتہ چلا تھا کہ وہ پرانا گاندھی وادی ہے۔ اب پاگل ہو گیا ہے اور گاؤں گاؤں گھومتا رہتا ہے اپنی سائیکل پر۔ سب سے لڑتا جھگڑتا رہتا ہے۔ لیڈروں یا حاکموں کو دیکھتا ہے تو کھانے کو دوڑتا ہے۔ لوگوں نے بتایا کہ یہ تو غنیمت ہوئی کہ ان کے اس میٹنگ میں گڑبڑ نہیں کی۔ نہیں تو وہ سرِ عام عزت اتار لیتا ہے۔

اس پاگل بوڑھے کی شکل مجھے لوٹتے ہوئے برابر یاد آتی رہی تھی۔ راستے بھر میں اسی کے بارے میں سوچ رہا تھا۔ آخر تھکے ہارے ہم واپس پہنچے۔ للّو بابو کے چہرے پر فتح کی چمک تھی ——— ہم نے کہا تھا نہ بھیئے، رامائن پاٹھ کروا دو! اب شہر میں قوالی پروگرام بھی ہو جائے تو سمجھو پورا میدان مار لیا۔ اب سہور گاؤں تو سالڈ ہو گیا! ہو گیا سالڈ یا نہیں؟ ...... پھر آنکھ دباتے ہوئے انہوں نے کہا ——— بھیئے تھوڑے نمکین کا انتظام ہو جائے تو......

غیر ملکی مہمانوں کا ڈنر تھا۔ ہم لوگوں کو وہاں تو نہیں کھانا تھا، مگر تعینات تو رہنا ہی تھا۔ کچھ اور لوگ بھی تھے ہی۔ باوجود اس کے کہ مالتی جی نے منع کر دیا تھا۔ یعنی ایسے لوگ ہی تھے جو بالکل آپس کے مانے جا سکتے ہیں یا جنہیں آپس داری کے گھیرے میں ہمیں سمیٹنا تھا۔

جام آ گئے تھے اور سب غیر ملکیوں نے مالتی جی کی صحت اور کامیابی کی خواہش کے ساتھ جام ٹکرائے۔ مالتی جی کی ایک خاصیت یہ بھی ہے کہ ہر طرح کے ماحول میں کھپ جاتی ہیں۔ مالتی جی نے اپنا جام اٹھاتے ہوئے بڑے باسلیقہ انداز میں نیک خواہشات قبول کیں۔ باتیں چلنے لگیں، یہی کہ ہندوستانی جمہوریت اب پختہ بنیاد پر کھڑی ہے۔ ہندوستان کے لیڈروں کا گاؤں والوں سے بڑا گاڑھا تعلق اور رابطہ ہے۔ بھارت نے ایک نئی امید دنیا کو دی ہے۔ سب خوش اور مست تھے۔ مالتی جی بھی گھونٹ بھرتی جا رہی تھیں۔ تعجب تھا کہ للّو بابو چپ چاپ میرے ساتھ کھڑے تھے۔ تبھی جگی بابو ایکدم آزادی سے اندر آئے تھے اور غیر ملکی مہمانوں کے لیڈر کے پاس آ کر پوچھنے لگے ——— ہوپ یو آل آر اینجائنگ ویل! نو کمپلینٹ سر!

——— اوہ نو! ایوری تھنگ از جسٹ فائن! غیر ملکی نے کہا تھا۔ جگی بابو کے آتے ہی ایک بات ہوئی تھی۔ مالتی جی کا ہاتھ دفعتاً اپنے جام تک گیا تھا اور انہوں نے اپنا گلاس انجانے ہی کرسی

کے کنارے چھپالیا تھا۔ میں جانتا ہوں یہ پرہیز کی وجہ سے نہیں تھا .... مگر جگی بابو کے ہوتے وہ ایک فطری جھجک سے بھر گئی تھیں۔ پتہ نہیں کیوں، سب باتوں کے باوجود یہ تذبذب مجھے پیارا لگا تھا۔ جگی بابو نے بھی اس تذبذب کو بھانپ لیا تھا اور وہ بیروں کا سمجھا کر جلدی سے جلدی اس کمرے سے نکل گئے تھے۔ اس کے بعد مالتی جی کچھ بجھ گئی تھیں .... اپنے بھیتر ہی بھیتر۔ اس کے بعد نیا جام ویسے کا ویسا ہی سامنے رکھا رہا تھا اور ان کی آنکھیں جب تب اس دروازے کو تاک لیتی تھیں جس سے جگی بابو آسکتے تھے۔ لیکن جگی بابو بہت سمجھ دار آدمی ہیں۔ جب تک کھانا پینا چلتا رہا، وہ نہیں آئے۔

ہاں، للّو بابو نے بھی اپنا کام کر لیا تھا۔ انہوں نے اپنی خوراک لگی شیشی میں دوا بھر لی تھی۔ ایک کاغذ میں پھلکا جلیبیٹ کر میری جیب میں ٹھونس دیئے تھے..... بھیئے تھوڑا سا نمکین ہے! اور غائب ہو گئے تھے۔

صبح ہم اٹھے تو اخباروں کا ڈھیر جمع تھا۔ ہم اپنی میٹنگ کی رپورٹ دیکھ رہے تھے۔ کچھ اخباروں نے ہماری یقینی کامیابی کی پیشین گوئی کی تھی۔ کچھ میں صرف خبر تھی۔ دو اخباروں میں بے حد گندی رپورٹیں آئی تھیں۔ سمجھ میں نہیں آتا تھا کہ اتنی جھوٹی اور غلط باتیں کیسے گڑھی جا سکتی تھیں۔ للّو بابو بہت مشتعل تھے۔ کل شام کی پارٹی میں اس مرجل سے آدمی کو دیکھا تھا بھیئے؟ وہ جو جونک کی طرح چپا رہا تھا۔ یہ کارستانی اسی کی ہے .....

رپورٹ میں بے سرپیر کے الزام لگائے گئے تھے۔ مالتی جی کے چناو اڈے۔ گولڈن سن میں شراب اور شباب سے بھری رنگین راتیں!

یہ تو طے تھا کہ یہ سب مخالفوں نے لکھوایا تھا، مگر وہ اتنی گندگی اچھالیں گے، اس کا اندازہ نہیں تھا۔ رپورٹ میں آگے کہا گیا تھا کہ مالتی جی نے انتخاب جیتنے کے لیے شراب کے ڈرم کھلوا دیئے ہیں۔ ہوٹل گولڈن سن میں شراب کی ندیاں بہہ رہی ہیں..... اتنا ہی نہیں، ہوٹل گولڈن سن پچھلے دنوں سے شراب کا اڈا بن گیا ہے جہاں مالتی جی کا ساتھ دینے کا اقرار کرنے والوں کو رنگین راتیں گذارنے کی سب سہولتیں دی جاتی ہیں!..... اور یہ سب کام مالتی جی کے سابقہ شوہر جگدیش ورما کے ذریعے ہو رہا ہے۔ جگدیش ورما نے بااثر لوگوں کو جیتنے کے لیے ہوٹل کو چکلے میں بدل دیا ہے .. گیارہ بجے رات

کے بعد ہوٹل میں وہی لوگ گھس سکتے ہیں، جن کو مینجمنٹ سے اجازت مل جاتی ہے۔ اتنا ہی نہیں، مالتی جی کے کارکن سانڈ کل شام کو کسبیوں کے محلّے میں گھومتے ہوئے دیکھے گئے۔

یہ پڑھتے پڑھتے للو بابو بھڑک اٹھے — یہ سب بکواس ہے! جب آپ لوگ ہوٹل کی طرف لوٹ رہے تب میں مرزا صاحب کے گھر چلا گیا تھا اور مرزا صاحب کے آدمی کے ساتھ میں قوالی گانے والی سلیما بیگم کو طے کرنے گیا تھا۔ دس منٹ میں ہم لوگ لوٹ آئے تھے اور یہ حرام زادہ یہ سب لکھ رہا ہے، بچیئے! سیاست اتنی گندی ہو گئی ہے، یہ پتہ نہیں تھا.....

الیکشن آفس میں عجیب سی مردنی چھا گئی تھی۔ سب کے چہرے پٹے ہوئے سے تھے حالانکہ یہ سب غلط اور بے بنیاد تھا لیکن عوام کے موڈ کے متعلق کچھ بھی کہہ سکنا مشکل ہوتا ہے۔ میں اس لیے بھی زیادہ پریشان تھا کہ جگی بابو پر بے بات کیچڑ اچھالا گیا تھا۔

ابھی ہم لوگ تیار ہو ہی رہے تھے کہ دوسرا بم پھٹا۔ ہمارا ایک شہری کارکن سائیکل دوڑاتا ہوا آیا اور اس نے ایک پرچہ دیا، جو مالتی جی کی مخالفت میں چھپوایا گیا تھا اور بانٹا جا رہا تھا۔ اس غلیظ پرچے کی سرخی تھی — مالتی جی کے کالے کارناموں کا کچا چٹھا!

اس غلیظ پرچے میں مالتی جی کی ذاتی زندگی کو لے کر بہت بیہودہ باتیں لکھی گئی تھیں۔ اس طرح کی فضیحت کو کیا کہا جائے! اس میں نمبر وار باتیں اٹھائی گئی تھیں۔

۱۔ جگدیش ورما — گولڈن اسن کے مینیجر مالتی جی کے خاوند ہیں، محبوب ہیں یا یار؟

۲۔ کیا یہ سہی ہے کہ جگدیش ورما نے مالتی جی کو اس لیے چھوڑ دیا تھا کہ وہ ان کے قابو میں نہیں رہ گئی تھیں؟

۳۔ کیا یہ سہی ہے کہ جگدیش ورما نے ایک بار مالتی جی کے کسی چاہنے والے کو گولی مار دینے کی دھمکی دی تھی؟

۴۔ کیا یہ سہی ہے کہ مالتی جی اپنی بچّی للّی کو جگدیش ورما کے پاس چھوڑ کر بھاگ گئی تھیں؟

۵۔ کیا یہ سہی ہے کہ مالتی جی نے اپنے چناؤ کے لیے سیٹھوں کی گردنیں دبا کر اور ڈرا دھمکا کر چندہ وصول کیا ہے؟

۶۔ کیا یہ سہی ہے کہ مالتی جی نے چار چار لاکھ کی پانچ کوٹھیاں کھڑی کر لی ہیں؟

۷۔ کیا یہ سہی ہے کہ مالتی جی ہر شام شراب کے نشے میں دھت رہتی ہیں؟

۸۔ کیا یہ سہی ہے کہ مالتی جی کی وجہ سے ہنستے کھیلتے گھر ٹوٹ کر دوزخ بن گئے ہیں؟

اور آخر میں ایک پیراگراف اور تھا — ہم مہیلا سماج کی ممبران عورتیں اپنے لیے مالتی جی جیسی عورت کو کلنک خیال کرتی ہیں۔ ایسی اخلاق باختہ اور بدکردار عورت کے لیے ہمارے دل میں گہرا غصہ اور نفرت ہی ہو سکتی ہے۔ ہم اپنی بہنوں اور خاتون ووٹروں کے ساتھ ساتھ بھائیوں اور مرد ووٹروں کو بھی آگاہ کرتی ہیں کہ وہ عورتوں کی کلنک، مالتی جی کو ووٹ نہ دیں۔ ہماری روایت سیتا، پدمنی، لکشمی بائی اور سروجنی نائیڈو کی ہے! عورتوں کے نام پر مالتی جی کے پھندے میں پھنسنے والوں کو ہم خبردار کرتی ہیں اور عہد کرتی ہیں کہ جہاں جہاں وہ جائیں گی، ہم کالے جھنڈوں سے ان کی مخالفت کریں گی۔ مہیلا سماج کی طرف سے شائع اور جاری کیا گیا۔

یہ پرچہ پڑھتے ہی سب کے چہرے کالے پڑ گئے۔ سناٹا چھا گیا تھا۔ بھنڈاری جی نے چائے بنوا کر اسٹوو بھی بجھا دیا تھا۔ اس لیے سناٹا اور گہرا ہو گیا تھا۔ ایسا لگ رہا تھا جیسے راتوں رات سب کچھ تباہ و برباد ہو گیا ہو...... اور صبح ہوتے ہی ہمارے درمیان کوئی موت ہو گئی ہو۔ ہم سب ایک دوسرے سے کٹی کاٹ رہے تھے۔ نظریں بچا رہے تھے، یہ جانتے ہوئے بھی کہ یہ سب ایک دم بکواس غلیظ اور گندگی سے بھرا ہوا ہے! سچائی کا ایک ریشہ تک اس میں نہیں ہے۔

الیکشن دفتر میں تو سناٹا تھا ہی، مالتی جی کے کمرے سے بھی کوئی فون نہیں آیا تھا۔ شاید پرچہ تو ان تک نہیں پہنچا ہو گا، مگر اخباروں کا بنڈل پہنچ چکا تھا۔ بند آگیا تھا، وہ بھی نہیں لوٹا تھا۔ ہمیں افسوس تو تھا ہی، مگر مجھے خاص طور سے غصہ اس بات کا تھا کہ ان کمینوں نے جگی بابو کو بدنام کیا تھا۔ ہم تو سیاسی لوگ ہیں۔ ہمارے اپنے کھیل ہیں۔ ہم سب کھلاڑی ہیں!۔ ہم جھٹکا کھا کر بھی اٹھ کھڑے ہوتے ہیں۔ بدنامی کے داغوں کو بھی دھو لیتے ہیں یا زیادہ بڑے کلنک اوروں پر لگا کر اپنے کلنکوں کو چھوٹا کر لیتے ہیں یا عوام کی یادداشت کم ہونے کا فائدہ بھی اٹھا لیتے ہیں کیونکہ ہم بے خوف ہو کر یا کہئے کہ کسی حد تک بے شرمی سے میدان میں ڈٹے رہتے ہیں۔ ہار بھی جاتے ہیں تو پھر اسی میدان میں جیتنے کے لیے لوٹتے ہیں...... مگر جگی بابو کے لیے یہ سب موقعے کہاں ہیں؟ وہ تو خود ہی کنارہ کیے بیٹھے ہیں اور ان جیسے سادھو آدمی کو اس لپیٹ میں لینا بہت غلط ہوا تھا۔

ایک طوفان آیا تھا اور کیچڑ کی بھیانک بارش ہوئی تھی۔ ہر کارکن جیسے اپنے سے ڈر رہا تھا۔ جگت سنگھ چپ چاپ ڈائری کھول کر دیکھتا اور پھر بند کر کے ادھر ادھر تاکنے لگتا۔ للّو بابو پنکچر ہو کر پڑے تھے۔ انہیں شک تھا کہ ماتا جی شاید ان کی اس بات پر یقین نہیں کریں گی کہ وہ قوالی گانے والی کو تلاشنے کے لیے اس محلے میں گئے تھے۔

بہت دیر بعد بھنڈاری رام نارائن نے خاموشی توڑی۔ گرسرن جی، مہلا سماج نام کی تنظیم آج تک تو سنی نہیں! یہ آج کیسے پیدا ہو گئی؟

للّو بابو بھی اٹھ کر بیٹھ گئے۔ بات موقعے کی ہے بھیّے! اور پرچوں کو الٹ پلٹ کر دیکھتے ہوئے بولے۔ میرے خیال سے تو ہتک عزت کا مقدمہ ٹھوک دینا چاہیے!

—— لیکن کس پر؟ بھنڈاری نے کہا۔ نام تو کسی کا ہے نہیں!

للّو بابو نے پھر پرچے کو الٹا پلٹا۔ پریس تک کا نام نہیں ہے ..... یہ تو سراسر جرم ہے بھیّے! آخر یہ پرچہ کسی پریس میں چھپا تو ہے ہی۔ اور راتوں رات چھپا ہے۔ اس کا مطلب ہے، پریس بھی شہر کا ہے ... پولس ساتھ دے تو پتہ لگ سکتا ہے!

—— ہم یہاں مقدمہ لڑنے نہیں، الیکشن لڑنے آئے ہیں۔ جگت سنگھ ابھی ہی پریشانی میں گرفتار تھا۔

—— بھیّے، راجے! مقدمہ بھی چناو کا ایک حصہ ہے! للّو بابو بولے۔

—— تو چلیے، پہلے وہی لڑ لیں! جگت سنگھ نے چڑھ کر کہا۔

—— بھیّے، تو تو ایسے بگڑ رہے ہیں جیسے پرچہ میں نے چھپایا ہو!

—— ان باتوں میں کیا رکھا ہے؟ یہ سوچیے کہ اب اس کیچڑ کو صاف کیسے کیا جائے؟ میں نے خالی دماغ سے کہا، کیونکہ کچھ کہنا ضروری لگ رہا تھا۔

—— شام کو بہت بڑی میٹنگ بھی ہے ..... کل عورتوں کی میٹنگ ہے ..... جگت سنگھ نے ڈائری دیکھ کر کہا۔ اس لیے جلد بازی میں یہ پرچہ آج ہی بانٹا گیا ہے! تاکہ عورتوں والی میٹنگ میں کل ہنگامہ ہو جائے!

تبھی للّو بابو کو دور کی سوجھی۔ بولے۔ بھیّے، وہ اس دن مہلا سیوا منڈل والی دیویاں ماتا جی کی شان میں اجتماع کرنا چاہتی تھیں، اگر انہیں پکڑا جائے تو کیسا رہے؟

—— کس لیے؟ بھنڈاری جی نے پوچھا۔

—— ان میں سے دس بیس کو پکڑ کر سب سے پہلے مالتی جی کے پاس بھیجا جائے۔ وہ جا کر کہیں کہ وہ مالتی جی کو اپنا لیڈر مانتی ہیں۔ اس سے مالتی جی کو اخلاقی قوت ملے گی اور یہ سٹیٹمینٹ جاری کریں کہ اس نام نہاد اور ناپید مہلا سماج کی طرف سے جو کچھ شائع کروایا گیا ہے، وہ سب اس کی کڑی مذمت کرتی ہیں! یہ خبر فوراً اخباروں کو دی جائے اور آج شام کی عورتوں کی میٹنگ سے پہلے ان عورتوں کو گھر گھر بھیجا جائے جہاں جا کر وہ اس گندے پروپیگنڈا کے خلاف رائے عامہ تیار کریں! للو بابو نے پرانے کھلاڑی کی طرح پتّا پھینکا۔

ذرا یہ بھی تو سوچیے! مالتی جی کے دل پر اس وقت کیا گزر رہی ہوگی؟ صبح سے دس فون آ جاتے تھے۔ وہ کس تکلیف میں خاموش بیٹھی ہوں گی؟ ان کا رویہ کیا ہوگا؟ ان سے رائے لیے بغیر ہمیں کچھ نہیں کرنا چاہیے! بھنڈاری جی نے رائے دی۔

اس بات کے بیچ مجھے رہ رہ کر جگتی بابو کا دھیان آ رہا تھا۔ ان کے لیے کوئی نہیں سوچ رہا تھا۔ اس آدمی پر کیا بجلی گری ہوگی؟ ہم لوگ اپنی گفتگو کر ہی رہے تھے کہ ایک بیرا ہماری ڈاک لے کر آیا۔ میں نے دھیرے سے اس سے دریافت کیا۔ منیجر صاحب نیچے آ گئے ہیں؟

—— جی نہیں، ان کی طبیعت ٹھیک نہیں ہے! بیرے نے بتایا۔

—— کیوں کیا ہوا؟

—— معلوم نہیں صاحب ..... کہتا ہوا وہ چلا گیا۔

میرا ماتھا ٹھنکا۔ عجیب حالت تھی۔ لیکن کوئی کیا کر سکتا تھا، اب جو کچھ تھا، بھگتنا ہی تھا! ایک پل کے لیے تو دل میں آیا تھا کہ سب ڈیرا ڈابر، شامیانہ قناتیں اکھاڑ کر چل دیا جائے۔ تبھی جگت سنگھ نے کہا۔ سچ مچ بہت گڑبڑ ہو گیا ہے ... کچھ سمجھ میں نہیں آتا .... میرا تو دماغ ہی فیل ہو گیا ہے۔

—— اور میرے دماغ کو بھنڈاری جی فیل کیے دے رہے ہیں بھئیے! للو بابو نے کہا۔

—— سب باتیں ایک ساتھ جڑ گئی ہیں! بھنڈاری نے للو بابو سے کہا۔ کل شام غیر ملکی مہمانوں کی پارٹی، آپ کا ویشیاؤں کے محلے میں جانا....

للو بابو ایک دم بگڑ گئے۔ بھنڈاری بھئیے! ذرا سوچ سمجھ کر بات کہو۔ تمہیں کہو گے کہ میں ویشیاؤں کے

محلے میں گیا تھا، تو اوروں کا منہ کیسے بند کر لوگے؟

—— میرا مطلب یہ نہیں، بھنڈاری بولے —— مطلب یہ ہے کہ بدمعاشوں نے بات کا بتنگڑ بنا دیا ہے! سارا کام بگاڑ دیا ہے —— مالتی جی بھی اس اندھڑ کو برداشت نہیں کر پائیں گی ——

تبھی دیکھا —— ہوٹل کی سیڑھیوں سے مالتی جی اتر رہی تھیں —— وہ سیدھے کاٹیج کی طرف ہی آ رہی تھیں۔ پیچھے پیچھے بندا تھا۔

مالتی جی کا چہرا سوجا سوجا سا تھا۔ آنکھیں بھری بھری۔ جسم سست اور تھکا ہوا۔ مگر کمال کی ہمت ہے ان میں —— ان کے آتے ہی ہم سب کھڑے ہو گئے تھے۔ وہ کافی بے فکر نظر آ رہی تھیں۔ مگر مجھے احساس ہو رہا تھا کہ وہ بڑی کوشش سے اپنے کو سنبھالے ہوئے تھیں۔ ہونٹوں پر تیکھی لیکن ہلکی مسکراہٹ لاتے ہوئے انہوں نے کہا —— جو کچھ چھپا ہے، پڑھ لیا آپ لوگوں نے۔

کسی نے کوئی جواب نہیں دیا۔ ایک لمحہ کی چپّی کے بعد وہ پھر بولیں —— کیا ہوا آپ لوگوں کو؟ وہ آہستہ سے طنز کے ساتھ ہنسیں —— یہ سب تو ہوتا رہتا ہے۔ اس کا بھی مقابلہ کریں گے ....

—— للو بابو کا خیال ہے، ہمیں مقدمہ کر دینا چاہیے! جیسے تیسے جگت سنگھ نے کہا۔

—— ہونہہ! وہ پھر ہنس دیں —— قانون کی عدالتیں ہماری عدالتیں نہیں ہیں —— ہماری سب سے بڑی عدالت ہے جنتا! وہیں اسی جنتا کی عدالت میں یہ مقدمہ لڑا جائے گا اور جیتا جائے گا! ہم اپنی طرف سے، اور اپنی ضرورت کے مطابق یہ مقدمہ لڑیں گے .....

مالتی جی کی آواز صاف تھی۔ جیت اور ضرورت جیسے الفاظ پھر آ گئے تھے اور میں سمجھ گیا تھا کہ بھونچال کا سامنا کرنے کے لیے وہ اپنی پوری سیاست کے ساتھ تیار تھیں!

—— یہ پرچہ آپ نے دیکھا ہے؟ یہ بھی آج ابھی صبح ہی بانٹا گیا ہے! بھنڈاری نے کارناموں کے کچّے چھٹھے والا پرچہ ان کے سامنے کر دیا۔ وہ انہوں نے نہیں دیکھا تھا۔ چشمہ لگا کر اسے انہوں نے پڑھا۔ کچھ پلوں کے لیے کالے بادل ان کے تھکے ہوئے چہرے پر منڈرائے .... پھر بھیتر سے خون کی سرخی آئی ... پھر چہرے پر سمٹ آیا خون پارے کی طرح اتر گیا اور انہوں نے پرچہ جگت سنگھ کی سمت بڑھا دیا —— ہونہہ! رکھو ... شام کو عورتوں کی میٹنگ میں یہ پرچہ مجھے دینا .... اس کا جواب میں وہیں دوں گی!

اور ضرور دوں گی! ..... آپ لوگ پریشان نہ ہوں ..... اپنا کام کرتے رہیں ---ان جملوں کو میں دیکھتی رہوں گی ......

اتنا کہہ کر وہ چلی گئیں۔

میں کچھ دیر سوچتا رہا کہ جگی بابو کے پاس جاؤں یا نہیں کیونکہ اس دن مالتی جی کے برتاو اور جگی بابو کے ایک دم چلے جانے سے میرے لیے کہیں کچھ اٹک گیا تھا۔ مالتی جی نے ضرورت کے مطابق اپنا دماغی تناو ختم کر لیا تھا۔ مگر میں بیچ میں لٹک گیا تھا۔ میں سوچ ہی نہیں پا رہا تھا کہ مالتی جی میرا ان سے ملنا پسند کریں گی یا نہیں۔ پھر مجھے لگا کہ بیچ کے ان سالوں میں میرا اور جگی بابو کا اپنا ایک دوستی کا رشتہ بھی رہا ہے۔ وہ شاید مجھے خود نہ بلائیں ---اس چناو کے چکر کے دوران، مگر مجھے جانا چاہیے۔ میں نے ایک نگاہ ہوٹل کی اونچی بلڈنگ پر ڈالی۔ اس طرف دیکھا، جس طرف جگی بابو کا ٹیریس اپارٹمنٹ تھا۔ تھوڑی دیر اور سوچا، پھر چل ہی دیا --- ان کی طبیعت بھی تو خراب تھی۔

میں جب پہنچا تو وہ کافی جھنجھلائے ہوئے تھے۔ فون کا رسیور ہاتھ میں لیے آپریٹر پر بگڑ رہے تھے--- تین گھنٹے سے ارجینٹ کال نہیں مل رہی۔ تماشا ہے--- یو گو آن ٹرائینگ۔ یس ..... پی پی سینٹ میریز گرلز ہائی اسکول --- پرنسپل مدر میرانڈا! یس پلیز......

اور ایک جھٹکے سے رسیور انہوں نے رکھ دیا۔ کچھ لمحے ماتھا پکڑے ہوئے وہ بیٹھے رہے۔

——— کیسی طبیعت ہے؟ میں نے پوچھا۔

——— ارے، آپ کب آئے؟ جگی بابو نے مجھے آتے ہوئے نہیں دیکھا تھا--- میں نے دیکھا ہی نہیں ! طبیعت بالکل ٹھیک ہے۔

——— بیرے نے بتایا کہ ....

——— ہاں ..... ایسے ہی .... وہ بولے۔

——— آپ کچھ پریشان ہیں! میں نے کہا۔ میری نظر بند گھڑی پر بھی پڑی اور ٹافی کے اس ڈبے پر بھی، جس میں وہ تلی کے خطوط رکھتے تھے، اور صبح کے ان اخباروں پر بھی جن میں وہ فلیٹ پوسٹر آئی تھیں۔ وہ پرچہ بھی پڑا ہوا تھا جو غیر موجود مہلا سماج کی طرف سے شائع کیا گیا تھا۔

—— نہیں، پریشانی کس بات کی ..... جگّی بابو بہت کھوئے کھوئے تھے۔ وہ اپنی پریشانی چھپانے کی کوشش میں لگے ہوئے تھے۔ دھیرے سے بولے —— گرسرن جی، ایک شعر یاد آرہا ہے۔

نقشہ اٹھا کے اب کوئی نیا شہر دیکھیے!
اس شہر میں تو سب سے ملاقات ہو گئی!

میں چپ چاپ انہیں دیکھتا رہا .....ایسا لگا، جیسے کوئی آدمی راستے پر پڑے پیروں کے نشان مٹاتا ہوا اور کہیں جانے کی کوشش کر رہا ہو۔ کتنی مشکل تھی یہ کوشش اور کتنی درد بھری۔ جگّی بابو چپ چاپ باہر کی جانب دیکھ رہے تھے —— شیشے کی دیوار کے اس پار۔

ماحول عجیب ہو گیا تھا۔ جگّی بابو شاید کھلنے کے موڈ میں نہیں تھے۔ وہ اپنے اندر ہی اندر امنڈ رہے تھے۔ اگر فون نہ آتا تو شاید وہ کھلتے بھی نہیں۔ یہ تو میں سمجھ ہی گیا تھا کہ انہوں نے پچمڑھی میں للّی کے پرنسپل کے لیے ٹرنک کال بک کروا رکھا ہے اور بے صبری سے اس کا انتظار کر رہے ہیں۔ تبھی فون کی گھنٹی بجی۔ جگّی بابو نے ریسیور اٹھایا، ٹرنک کال مل گیا تھا، وہ فون پر بات کرنے لگے تھے —— پرنسپل ..... مدر میرانڈا ... گڈ مارننگ .....دِس از جگدیش ورما فرام بھوپال ..... یس للّی کیسی ہے ... جی، میں چاہتا تھا کہ اسے وہیں روک لیں، جی' ..... بھوپال نہ بھیجیں ..... چھٹیاں تو خراب ہوں گی ...... جی' میں جانتا ہوں ..... ہاں للّی ضرور ضد کرے گی ..... مگر کچھ ایسی وقت ہے کہ میں چاہتا ہوں، وہ وہیں رکی رہے ..... یہاں نہ آئے ..... جی، ہو سکتا ہے میں آ جاؤں، آپ اسے سمجھا دیجیے گا پلیز، او کے ...

فون رکھ کر انہوں نے مجھے دیکھا، اب سب صاف تھا۔

—— للّی آنے والی تھی؟ میں نے پوچھا۔

—— ہاں، اس کی پندرہ دنوں کی چھٹیاں تھیں، لیکن میں نے اسے وہیں ہوسٹل میں روک دیا ہے۔

—— اکیلی رہے گی ہوسٹل میں؟

—— آخر میری بچّی ہے! رہ لے گی۔ میں نہیں چاہتا تھا کہ وہ اس وقت یہاں آئے۔ میں نہیں چاہتا کہ اپنی عمر سے پہلے وہ دنیا کی چالاکیوں سے شناسا ہو جائے۔ میں نہیں چاہتا کہ وہ اپنے باپ اور ماں کی ٹوٹی ہوئی زندگی کے اس پہلو کو ابھی جانے اور ہمیشہ کے لئے ڈسٹرب ہو جائے! میرے پاس اگر اپنی بچّی کو دینے کے لیے کچھ نہیں ہے، تو اس سے وہ کیوں چھین لوں جو اس کے پاس ہے؟......

جگی بابو نے کہا۔

—— لیکن ......

—— 'لیکن' کیا گرسرن جی! اس کیچڑ میں لتھڑنے کے لیے اس بچّی کو بھی آنے دوں؟ کہتے ہوئے انھوں نے وہ اخبار ایک طرف پٹک دیئے —— اس کا کیا قصور ہے؟ مجھے ہی بتلایئے، میری کیا خطا ہے؟

—— یہ گندگی ادھر سیاست میں بہت آگئی ہے!

—— یوں آپ کی سیاست سے مجھے کیا لینا دینا ہے؟ اس کیچڑ اور گندگی کو میں کیوں برداشت کروں؟ آپ کی سیاست کا شکار میں اور میری بچّی کیوں ہو جائیں ....؟

—— زیادتی تو ہوگئی ہے .... کیا کہا جائے؟

—— آپ لوگوں کے پاس کہنے کے لیے ہے کیا؟ جگی بابو نے کہا، تو اس 'آپ لوگوں' کا مطلب میں سمجھ گیا تھا۔ وہ بہت بھرے ہوئے تھے —— کہتے ہی چلے گئے —— میں سب چھوڑ چھاڑ کر کہیں اور چلا جاؤں گا گرسرن جی ..... اس لیے نہیں کہ میں کمزور ہوں یا زندگی میں جو فیصلہ میں نے لیا تھا، اسے غلط سمجھتا ہوں، یا میں کچھ چاہتا ہوں ..... صرف اس لیے کہ مالتی کو جو کرنا چاہیے ... جو سکسیس اور کامیابی چاہیے، وہ اسے ملتی چلی جائے، میری وجہ سے اس میں رکاوٹ نہ آئے ...... وہ یہ نہ سمجھے کہ میں کہیں اس کے راستے میں ہوں! مجھے کوئی ملال نہیں ہے! میری زندگی میں اب کوئی تمنا اس سے جڑی ہوئی نہیں ہے .... لیکن میں یہ نہیں چاہتا کہ اپنی کسی ناکامیابی کا الزام وہ میرے سر مڈھ دے .... اسے کوئی بہانا مل جائے .... کہ میری وجہ سے اسے نقصان ہوا!

—— یہ آپ کیا کہہ رہے ہیں؟

—— میں ٹھیک کہہ رہا ہوں! میں نہیں چاہتا کہ میری بچّی آپ کی ظالم پالیٹکس کی شکار ہو جائے.. کل کو کوئی اٹھ کر یہ بھی کہہ سکتا ہے کہ یہ میری بچّی نہیں ہے .... آپ کی دنیا کا چلن میں خوب جانتا ہوں گرسرن جی —— آپ کے یہاں اولاد کے رشتے تک کو استعمال کیا جاتا ہے! میں اپنی بچّی کو آپ کی اس غلیظ دنیا سے دور رکھنا چاہتا ہوں .... اور آپ کی مالتی جی کے نام پر مجھے کیچڑ اچھالا جائے، یہ بھی میں نہیں چاہتا ..... بارہ سال پہلے جو کھلا راستہ اسے دے کر میں دوسری طرف چلا آیا تھا ..... اس راستے میں میں اپنی پرچھائیں تک کو آنے دینا نہیں چاہتا .. . ایک لمحہ کے لیے رک کر جگی بابو نے گہری سانس لی اور کہا۔

گرمرن جی، سوچ سمجھ کر ایک فیصلہ اور لیا ہے میں نے ...... ایک بار طے کیا ہے .... میں ہوٹل کی مینجری سے رزائن کر رہا ہوں اور یہاں سے جا رہا ہوں!

—— کیا!

—— ہاں ... میرا یہاں رہنا کسی کی بھلائی میں نہیں ہے! آلی کے حق میں نہیں ہے۔ میرے فائدے میں نہیں ہے اور آپ کی مالتی جی کی بھلائی میں نہیں ہے! اس لیے میں نے یہ فیصلہ لیا ہے ....

—— جلدی بازی میں آپ کو استعفا نہیں دینا چاہیے جگی بابو! میں نے انہیں سمجھانے کی کوشش کی۔ تبھی فون کی گھنٹی بجی۔ جگی بابو نے رسیور اٹھایا۔ سن کر ان کے ہونٹوں پر ٹیڑھی سی مسکراہٹ آئی اور فون رکھتے ہوئے بولے۔

—— آپ کا بلاوا آیا ہے۔ بھنڈاری جی کا فون تھا۔ مالتی جی کو کوئی کام ہے اکرے میں بلایا ہے۔

میں اٹھ کر چلا آیا۔ مالتی جی کے پاس پہنچا تو دیکھا، للو بابو اور جگت سنگھ بھی بیٹھے ہوئے ہیں۔ یوں محسوس ہوا کہ وہ نارمل ہیں۔ انہوں نے جیسے سب جذب کر لیا تھا اور رہنے کے بھی طے کر لیے تھے۔ پہنچتے ہی انہوں نے سوال داغا۔ کہاں تھے آپ؟ کچھ کام ہونا ہے یا نہیں ....

—— جی، وہ میں ذرا جگی بابو کے پاس چلا گیا تھا۔ پتا چلا کہ ان کی طبیعت ٹھیک نہیں ہے! میں نے کہا۔

—— طبیعت ٹھیک نہیں ہے؟ مالتی جی کے پوچھنے میں کشش تھی۔

مجھے یہ تبدیلی ذرا حیران کن لگی تھی۔ لیکن کسی کے جذبات پر شک بھی تو نہیں کیا جا سکتا۔ آخر تو ایک تعلق دونوں کا رہا ہی ہے۔ سارے ٹھنڈے پن اور بے رخی کے باوجود کبھی کبھی جذباتی لمحات ان کے درمیان آ بھی سکتے ہیں۔ میں نے تھوڑا پردہ رکھنے کے لیے کہا — ہاں کوئی خاص بات نہیں ہے۔

—— اخبار وخبار پڑھ کر پریشان ہو گئے ہوں گے .... ان کی عادت ہے! خیر .... ہاں تو آپ مرزا جی کے یہاں چلے جائیے۔ ابھی خبر ملی ہے کہ شہر میں فرقہ وارانہ کشیدگی پھر پیدا ہو رہی ہے! اگلی فسیر احمد کے لوگوں نے اپنے کچھ کارکنوں کو ڈرایا دھمکایا ہے۔ پرانے بازار والے اپنے آفس کے لوگ کام کرنے کے لیے باہر نہیں نکل پا رہے ہیں۔ سنبھل کر جائیے گا۔ اور ہاں، اب نام واپس لینے کی تاریخ تو گذر گئی۔ لالہ دینا ناتھ کا کیا رویہ ہے؟ مالتی جی نے ایک کام سپرد کرتے ہوئے دوسرا سوال بھی کر دیا۔

— وہ خواب دیکھنے لگے ہیں کہ وہ جیت سکتے ہیں! للو بابو نے کہا۔ مالتی جی ہنسیں۔ سب کو ہنسی آ گئی۔

— آپ پتا کرتے رہیے .... اور لالہ دینا ناتھ سے کہہ دیجیے کہ جیت کے سپنے آنے بند ہو گئے ہوں تو وہ اعلان کریں کہ وہ میرے حق میں ہو گئے ہیں اور چاہتے ہیں کہ ان کے حامی مجھے ووٹ دیں۔ یہ اعلان وہ اسی اسٹیج سے کریں گے، جس سے میں بولوں گی .... ٹھیک ہے! مالتی جی نے کہا۔

— اس کے بعد لالہ دینا ناتھ کے جتنے چناؤ دفتر ہیں، سب بند کر دیئے جائیں گے، ان کے والنٹیر ہمارے ساتھ کام کریں گے اور خود لالہ دینا ناتھ مالتی جی کے ساتھ ہر میٹنگ میں شامل رہیں گے! للو بابو نے ساری شرطیں صاف کر دیں — نہیں تو وہ ساری مدد بند کر دی جائے گی، جو ابھی تک ہم لالہ دینا ناتھ کو دیتے رہے ہیں .... سمجھ گئے نکھیئے!

— ارے، تو میں لالہ دینا ناتھ یا ان کا آدمی تو نہیں ہوں، جو آپ مجھے اس طرح .... میں بولا۔

— تمہیں سمجھا رہا ہوں کہ کس طرح بات کرنی ہے .... تم سے تھوڑے ہی کہہ رہا ہوں بھیّے! ہاں! للو بابو بولے۔ سب نپٹا کر آنا......

میں سیدھا پرانا بازار ایریا میں گیا۔ دفتر تو کھلا ہوا تھا .... بوڑھے میاں بھی گھٹنے پر ہلدی کی پلٹس باندھے بیٹھے تھے۔ اور کوئی نہیں تھا۔ میں نے پوچھا — اور سب کہاں ہیں؟

— کام کرنے گئے ہیں! بوڑھے میاں نے بتایا۔

— سنا ہے گل شیر احمد کے آدمیوں نے اپنے لوگوں کو ڈرایا دھمکایا ہے۔ میں نے پوچھا۔

— کیسی باتیں کرتے ہیں آپ بھی! بوڑھے میاں مسکرائے — کام کرنے والے دونوں کے ایک ہیں۔ کون کسے دھمکائے گا! آپ خود سوچیے!

— افواہ ہوگی! میں نے ہنستے ہوئے کہا۔

— افواہ ہوگی جو خود انہیں کے آدمیوں نے پھیلائی ہوگی ..... جی .... کہہ کر بوڑھے میاں اپنا گھٹنا دبانے لگے۔

میں وہاں سے چل کر سیدھا لالہ دینا ناتھ کے یہاں پہنچا، ان سے اکیلے میں ساری باتیں کیں۔ انھوں نے کہا کہ وہ مالتی جی سے مل کر ہی سب باتیں طے کریں گے۔ جب تک پوری بات طے نہ ہو جائے کوئی خبر باہر

نہیں جانی چاہیے۔ یہ بھی ظاہر نہیں ہونا چاہیے کہ لالہ دینا ناتھ اور مالتی جی کی کوئی خفیہ میٹنگ ہوئی ہے۔ مجھے یہ ذمہ داری سونپی گئی کہ ان کی اور مالتی جی کی میٹنگ طے کر کے میں انہیں خبر دوں گا۔

یہ سب طے کر کے میں چلا آیا۔ راستے بھر لالہ دینا ناتھ کی باتوں پر سوچتا رہا۔ ان کی باتوں سے اتنا ضرور لگ رہا تھا کہ معاملہ شاید پیسوں پر اٹکے گا۔ وہ بار بار یہی کہتے تھے ـــ گرسرن جی' لاکھ ڈیڑھ لاکھ تو الگ سے میری جیب سے خرچ ہو چکا ہے جی .... وہ نقصان کون اٹھائے گا!

لوٹ کر ہوٹل پہنچا تو میں نے سارا حال بتا دیا۔ لالہ دینا ناتھ کی میٹنگ مالتی جی کے ساتھ طے کروا کر اطلاع بھجوا دی۔ ذرا سا آرام کرنے کے لیے بیٹھا ٹھکانی ہی تھی کہ جگی بابو کا فون آیا ـــ ایک منٹ کے لیے آ سکتے ہیں؟ جگی بابو کے پاس پہنچا تو اہم خبر ملی۔ میرے بازار چلے جانے کے بعد للو بھنڈاری جی اور جگت سنگھ کو وداع کر کے مالتی جی اکیلی جگی بابو کے اپارٹمنٹ میں پہنچی تھیں۔ جگی بابو نے ہی ساری بات تفصیل سے بتائی تھی۔

ـــ سنا' آپ کی طبیعت کچھ خراب ہو گئی ہے! مالتی جی نے ان سے پوچھا تھا۔

ـــ آپ کو غلط خبر ملی ہے۔ جگی بابو بولے تھے۔

ـــ آپ بیٹھنے کے لیے بھی نہیں کہیں گے؟

ـــ بیٹھیے! کہتے ہوئے جگی بابو نے ایک کرسی کھسکا دی تھی، مگر مالتی جی کرسی پر نہیں بیٹھی تھیں۔ وہ بستر کے ایک کونے پر بیٹھ گئی تھیں۔

ـــ اور کوئی حکم! جگی بابو نے طنز سے پوچھا تھا۔

ـــ مجھے بہت افسوس ہے ....

ـــ کس بات کا؟ میں نے زندگی میں جو کچھ کیا ہے یا جو کچھ میرے ساتھ ہوا ہے' مجھے کسی بات کا افسوس نہیں ہے۔ قطعی کوئی افسوس نہیں ہے۔ جگی بابو نے کہا تھا۔

ـــ سچ مچ؟ مالتی جی نے بہت گہرائی سے ٹٹولتے ہوئے پوچھا تھا۔

ـــ ہاں!

ـــ لیکن میری وجہ سے آپ کو جو کچھ سننا پڑا ہے یا برداشت کرنا پڑا ہے، مجھے اس بات کا افسوس ہے۔ اور کچھ نہ بھی ہو تو بھی اتنا تو میں ہمیشہ چاہتی رہی ہوں کہ ہمارا ساتھ رہنا یا الگ رہنا... ہمارے بیچ کی بات

ہے! مالتی جی بولی تھیں ۔ اس میں دوسرے لوگ کیوں دخل دیں؟

—— یہ تو تمہاری دنیا کی باتیں ہیں، تم بہتر جانتی ہوگی! مجھے تو معلوم نہیں کہ سیاست کی تمہاری دنیا کے کیا کیا اصول ہیں۔ میں معمولی آدمی ہوں اور معمولی طریقے سے ہی اپنی زندگی گذارنا چاہتا ہوں ۔ یہ خون کھولانے والے تناؤ.... دماغ خراب کردینے والی کمینی حرکتیں ۔ یہ گینگی کی حد تک سڑاند میں اتار لینے والی تم لوگوں کی مجبوریاں اور یہ اٹھا پٹک، چھینا جھپٹی ۔ یہ سب میری دنیا ہے ہی نہیں...

—— آپ کی سب باتیں سہی ہیں۔ مگر میں ہمیشہ یہی سوچتی رہی کہ پتی پتنی کے روپ میں، یا اس روپ میں نہ سہی.... میرا اور آپ کا رشتہ.... ہمارے آپسی فیصلوں کا رشتہ ہے۔ مالتی جی نے کہا تھا۔

—— اس سے میں کب انکار کرتا ہوں۔ لیکن جو فیصلہ ہمیں لینا تھا، وہ تو ہم بارہ سال پہلے لے چکے ہیں! جگی بابو بولے تھے۔

—— اس کے باوجود.... مالتی جی کچھ ہچکچا کر بولی تھیں ۔ یہ تو آپ بھی جانتے ہیں کہ آپ سے الگ ہونے کے بعد میں نے اپنی ذاتی زندگی میں کبھی کوئی ایسا قدم نہیں اٹھایا جو آپ کے لیے اپمان کا سبب بنتا۔ میری زندگی میں کوئی مرد یا پتی کی یا پتی کبھی بھی رہا ہے تو وہ صرف آپ ہی رہے ہیں.... اتنا کہہ کر مالتی جی نے اداس نظروں سے جگی بابو کو دیکھا تھا۔

—— میں نے یہ نہیں کہا کہ کوئی اور رہا ہے۔ جگی بابو نے کہا۔

—— لیکن اگر دوسرے کہیں، تو؟

—— تو میں کیا کرسکتا ہوں؟

—— آپ کو اس سے تکلیف نہیں ہوتی....

—— ہوتی ہے مالتی.... ہوتی ہے.... جگی بابو جذباتی ہو چلے تھے۔

—— بس اتنا ہی مجھے جاننا تھا.... صرف اپنے لیے۔ مالتی جی نے کہا تھا اور ان کی آنکھیں بھر آئی تھیں۔

—— اور صرف اپنے لیے میں نے طے کیا تھا کہ میں استعفا دے کر اور دلی کو لے کر یہاں سے بھی چلا جاؤں گا. کہیں اور کوئی کام تلاش لوں گا! جگی بابو بولے تھے۔

—— یہ آپ نہیں کریں گے! میری وجہ سے آپ اس طرح کی باتیں سنیں، برداشت کریں اور اپنے عہدے سے الگ ہو جائیں.... یہ میں برداشت نہیں کر پاؤں گی.... پلیز! آپ رزائن نہیں کریں گے.... مالتی جی

نے اصرار سے کہا تھا۔

——کوئی راستہ پلٹتا نہیں مالتی ..... راستے تو اپنی راہ چلے جاتے ہیں .... آدمی پلٹ جاتا ہے.. لیکن اب میں آدمی کہاں رہ گیا ہوں..... میں اب صرف ایک راستہ رہ گیا ہوں..... وہ بھی صرف للی کے لیے! اسے ابھی میری ضرورت ہے۔ جب اسے بھی ضرورت نہیں رہے گی تو راستوں کی طرح ہی میں اپنی راہ چلا جاؤں گا.... جگی بابو نے جذباتی ہو کر کہا تھا۔

——کیسی باتیں کر رہے ہیں آپ؟ مالتی جی نے پگھلتے ہوئے کہا تھا۔

——ٹھیک کہہ رہا ہوں، مالتی! ہوں تو آدمی ہی ... مگر ایک راستے کی طرح رہ گیا ہوں۔ کبھی کبھی کچھ لمحوں کے لیے آدمی بنتا ہوں تو سب کچھ اسی طرح محسوس ہونے لگتا ہے، جیسے ایک آدمی کو محسوس ہونا چاہیے... کچھ دیر کے لیے دکھ سکھ، ممتا پیار سب ابھرتا ہے .....اس کے بعد سب ختم ہو جاتا ہے .... میں بس ایک راستہ رہ جاتا ہوں ۔اس لیے میری باتوں کے غلط مطلب کبھی مت لگانا .... جگی بابو نے کہا تھا۔

—— کن باتوں کے؟ مالتی جی نے پوچھا تھا۔

——وہی ... جو کچھ اس بیچ کبھی کبھی میرے من میں ابھر کر تمہارے لیے کچھ کیا، یا کسی ذریعے سے کچھ کہنے کی کوشش کی۔ پیلے گلاب کی کلی نے شاید تم سے کچھ کہا ہوگا .... مگر اس سے میرا مقصد یہ نہیں تھا کہ تم لوٹ آؤ یا میں پلٹ آؤں گا۔ ہماری تمہاری زندگی میں ایک خوبصورت لمحہ کبھی آیا تھا، اسے میں نے ایک بار اور جی لیا۔ بس! اس کے علاوہ میرا کوئی اور مقصد نہیں تھا۔ نہ ہوگا! جگی بابو نے بات صاف کر دی تھی۔

——شاید آپ نے اس دن میری بات کا بہت برا مانا تھا جب میں نے آپ سے اتنے برسوں بعد کچھ کہا تھا۔

——نہیں، بالکل نہیں ... صرف اپنے پر افسوس ہوا تھا کہ کچھ نہ چاہتے ہوئے، کچھ نہ مانگتے ہوئے، کوئی تمنا نہ کرتے ہوئے بھی یہ خوبصورت لمحات کیوں میرے اندر جاگ پڑتے ہیں؟ اب، جب کہ ان پلوں سے کچھ بھی لینا دینا نہیں ہے، تب یہ کیوں لوٹ آتے ہیں.....اس کا افسوس ضرور ہوا تھا۔

——اور اب؟

——کوئی افسوس نہیں!

——سچ!

——ہاں!

— آپ نے اپنے کو پتھر بنا لیا ہے؟

— نہیں۔

— تو..... کبھی کچھ کہوں — تو مانیں گے؟

— جب تمہیں کچھ کہنے کی ضرورت پڑے تو بتا دینا۔

— اب بھی ایسے ہی سوچتے رہیں گے.....

— اور کیا کر سکتا ہوں! اتنا بھروسا ضرور کر سکتی ہو کہ تم جب بھی، جو بھی مجھ سے چاہو گی، ہمیشہ ملے گا۔ جو کچھ تمہیں چاہیے..... میں ہمیشہ دوں گا! جگی بابو نے گہری نظروں سے مالتی جی کو دیکھا تھا۔

— میرے لیے اتنا ہی بہت ہے! مالتی جی نے بہت اداسی سے کہا تھا — اچھا تو میں جاؤں..... بہت لوگ انتظار کر رہے ہوں گے۔

اور وہ چپ چاپ چلی گئی تھیں۔

سب کچھ بتا کر، جو بھی ان کے اور مالتی جی کے درمیان گفتگو ہوئی تھی، وہ میری طرف دیکھنے لگے تھے۔ میں بھی خاموش تھا۔ پھر انہوں نے ہی پوچھا تھا

— اس سب کا مطلب کیا ہے؟ آج بارہ سال ہو گئے، مجھے مالتی سے کچھ لینا دینا نہیں رہا ہے... میں نے کبھی اس کا راستہ بھی نہیں کاٹا۔ نہ اس کے ذریعے کچھ چاہا..... مگر وہ ہمیشہ یہی خیال کرتی رہی کہ مجھے شاید اس کی ضرورت پڑے گی..... اس دن بھی اس کے کمرہ میں جو کچھ ہوا، وہ بھی اسی بات کا ثبوت تھا۔ وہ نہیں چاہتی کہ میں کسی سے کہوں کہ مالتی میری بیوی رہی ہے۔ لیکن آج یہ آنا میری طبیعت کا پتا کرنا... کچھ سمجھ میں نہیں آتا۔ پچھلے بارہ سالوں میں کبھی تو میں بیمار پڑا ہوں گا...... اسے پتا بھی چلا ہوگا۔ جب میرا آپریشن دہلی میں ہوا تھا، تب بھی وہ وہیں تھی مگر تب بھی اسے جاننے کی ضرورت محسوس نہیں ہوئی تھی۔..... للی کے بارے میں بھی جاننے کی اس نے کوشش نہیں کی..... یہ سب کیا ہے؟ اب ایسا کیا ہو گیا ہے.....

جگی بابو یہ سوال مجھ سے کر رہے تھے! میں کیسے انہیں بتاتا کہ ضرورت پڑنے پر اور وقت آنے پر مالتی جی کچھ بھی کر سکتی ہیں — اس بات کا احساس آپ کو مجھ سے زیادہ ہونا چاہیے! مگر میرا دل یہ سب کہنے کو نہیں ہوا۔ میں کچھ کہہ نہیں پایا۔ میرا چپ رہنا ہی بہتر تھا۔

اور اس واقعہ کے بعد ہی معجزہ ہوا۔

میں کبھی سوچ نہیں سکتا تھا کہ یہ سب بھی ہو سکتا ہے۔ مجھے اس وقت تک یقین ہی نہیں ہوا جب تک یہ سب ہو نہیں گیا۔ سبھی دم بخود اور باولے ہوئے تھے، کیونکہ کسی کے لیے بھی اس بات پر یقین کرنا ممکن نہیں تھا۔ ہماری انتخابی مہم کی یہ بے مثال اور یادگاری میٹنگ تھی۔ گاندھی میدان میں جلسہ رکھا گیا تھا۔ بہت بھیڑ تھی۔ اتنی کہ ہم نے تصور میں بھی نہیں سوچا تھا۔ جتنے آدمی تھے، اتنی ہی عورتیں۔ مالتی جی کی وجہ سے عورتوں میں کچھ زیادہ ہی جوش تھا۔ پرانے بازار میں سر پر مالتی جی نے جو چوٹ کھائی تھی، وہ بہت کارگر ثابت ہوئی تھی۔ بھیڑ یا عوام میں کس طرح باتیں پھیلتی ہیں اور کیسی کیسی کہانیاں سانس لینے لگتی ہیں، اس کا اندازہ اس دن کے جلسے سے ہی لگ سکتا تھا۔ پورا گاندھی میدان کھچا کھچ بھرا ہوا تھا اور ہر طرف یہی ذکر تھا کہ مالتی جی جیسی دبنگ اور دلیر عورت کا جواب نہیں۔ ان کا قد اچانک بہت بڑا ہو گیا تھا۔ سب لوگ ان کے سامنے اپنے کو جیسے بونا ماننے لگے تھے۔ اور سیاست میں یہی سب سے بڑا لمحہ ہوتا ہے۔ برابری کا اعلان کرتے ہوئے برابر والوں سے بڑا ہو جانا! برابر والوں کو یہ احساس کرا دینا کہ کوئی ان سے بہت بڑا ہے، یہی مالتی جی نے حاصل کیا تھا۔

جنتا ایسی امڑی تھی جیسے کسی دیودوت کو دیکھنے آئی ہو۔ گاندھی میدان میں سننے والوں کے علاوہ کھونچے والے بھی آ گئے تھے۔ وہ جلسہ نہیں، میلا لگ رہا تھا۔ تماش بین بھی تھے، مگر صرف تماش بین ہی نہیں تھے۔ وہ مالتی جی کو دیکھنا بھی چاہتے تھے۔ جھنڈوں کی بھرمار تھی۔ کاغذ کی جھنڈیاں بیچنے گھوم رہے تھے۔ کھونچے والے بہت خوش تھے۔

ہم لوگ — یعنی میں، بھنڈاری، مرزا صاحب اور الیکشن آفس کے باقی لوگ — پہلے ہی جلسہ گاہ پہنچ گئے تھے۔ یہ تو مجھے معلوم تھا کہ لالہ دینا ناتھ والا پروگرام آج ہوگا، کیونکہ سب باتیں طے ہو گئی تھیں — لیکن اس سے بڑی حیرت کی بات ہوگی، اس کا شاید کسی کو کوئی اندازہ نہ تھا۔

یہ ساری کارروائی کچھ زیادہ ہی ڈرامائی ڈھنگ سے رکھی گئی تھی۔

جلسہ کی اسٹیج پر چہل پہل تھی۔ لاؤڈ اسپیکر پر گانے چل رہے تھے۔ سب لوگوں کو مالتی جی کا انتظار تھا۔ اسٹیج پر آنے کا راستہ بائیں طرف سے تھا۔ جہاں کاریں آرام سے آ کر رک سکتی تھیں۔ مگر للو بابو کا بندوبست کا لوہا بھی ماننا پڑتا ہے اور عقل کی داد دینی پڑتی ہے۔

اچانک ہم نے دیکھا — اسٹیج کے سامنے، جہاں بھیڑ انتظار کر رہی تھی، اس کے پیچھے کچھ کاریں آ کر رکیں۔ ان میں سے کافی لوگ اترے۔ بندوبست کے مطابق ہماری پارٹی کے والنٹیر جھنڈے لہراتے ہوئے دائیں بائیں سے آئے اور 'مالتی جی زندہ باد' کے نعرے لگانے لگے۔ سامعین کی پچھلی والی قطاروں میں ہلچل مچ گئی۔ سامعین کے درمیان سے جو پتلا راستہ چھوڑ دیا گیا تھا، اسی سے نمسکار کرتیں مالتی جی آئیں۔

پیچھے لہراتے ہوئے جھنڈے اور جے جے کے نعروں کا شور۔

للو بابو تو آگے آگے تھے ہی ۔۔۔ سب سے بڑی حیرانگی کی بات یہ تھی کہ مالتی جی کے ساتھ ساتھ جگی بابو بھی چلے آ رہے تھے۔ یہ کرشمہ کیسے ہوا تھا ..... یہ میری سمجھ میں نہیں آیا تھا۔ میں حیرت زدہ تھا۔

آخر سب اسٹیج پر آ گئے۔ جگت سنگھ مالتی جی سے زیادہ جگی بابو کی دیکھ بھال کر رہا تھا۔ ہوٹل کے مالک نرسی سیٹھ بھی ساتھ تھے۔ مگر جگی بابو کی جو عزت آج تھی، وہ نرسی سیٹھ کی بھی نہیں تھی۔ مالتی جی کے ساتھ بڑے احترام کے ساتھ جگی بابو کو بٹھایا گیا۔ انہیں بھی ہار پہنائے گئے۔ جو جگی بابو کو نہیں جانتے تھے، وہ یقیناً انہیں کوئی بڑا لیڈر خیال کر رہے ہوں گے۔

یوں مالتی جی کے ماتھے پر لگی چوٹ ٹھیک ہو چکی تھی، مگر میں نے دیکھا، اسی جگہ پر خاصہ بڑا پھاہا لگا کر پلستر اور پٹیوں سے چپکایا گیا تھا، کہ اتنا بڑا کہ کافی دور سے بھی دکھائی دے۔

اور تب جلسہ شروع ہوا۔

للو بابو نے مائک پکڑا، ٹھک ٹھک کیا۔ کچھ آواز نہیں سنائی دی تو لاؤڈ سپیکر والے کی طرف دیکھ کر بولے۔ یہ بولے گا نہیں کیا!

اپنی آواز سنتے ہی انہوں نے مورچہ سنبھالا — بھائیو اور بہنو! چند دن پہلے اپنے اس مشہور شہر میں وہ سب ہوا، جو کبھی نہیں ہوا تھا۔ اس شہر کی اپنی ایک شاندار روایت اور تاریخ ہے ۔۔۔ ہمارا یہ شہر اپنی شان و شوکت اور تہذیب کے لئے مشہور رہا ہے اور آج بھی ہے۔ گندگی، بھدی باتیں، لڑائی، دنگا فساد، کمینی حرکتیں، افواہیں اور نے سر پیر کے گندے الزام لگانے کی روایت ہمارے اس شہر کی نہیں رہی ہے۔ اور یہ سب یہاں کے تہذیب پرست، فن کے قدر داں اور امن پسند باشندوں کے رہتے ہوئے ہوا ہے جو کسی بھی مہذب اور باسلیقہ آدمی کو دکھ پہنچا سکتا ہے۔ یہ میٹنگ، آج کی میٹنگ الیکشن کی میٹنگ نہیں ہے بلکہ یہ اپنے شاندار شہر کی شاندار روایتوں کو پھر سے پیش کرنے اور سر بلند اور بکھرے بھر گئے

اسس ماحول کو صاف کرنے کے لئے بلائی گئی ہے۔ الیکشن جیت لینا آسان ہوتا ہے! مگر جو گندگی اور کیچڑ اچھالی جاتی ہے، اسے صاف کرنا بہت مشکل ہے۔

.... اپنے یہاں دنگا ہوا! تاریخ میں پہلی بار! اور آپ نے ان اخباروں کو بھی دیکھا ہوگا! جن میں کچھ ذلیل اور غلط الزام مالتی جی پر لگائے گئے!

آج ان سب باتوں کی صفائی ہوگی اور آپ کے سامنے ہوگی۔ آپ کو معلوم ہو کہ فساد زدہ علاقوں میں جاکر، وہاں کے عوام کی تکلیفوں میں شامل ہوکر اور وحشی ہو گئے لوگوں کو راستے پر لانے کے دوران مالتی جی خود بھی غنڈوں کی مار کی شکار ہوئی تھیں۔ لیکن وہ بہت ہمت والی عورت ہیں.... حوصلہ مند لیڈر ہیں! چوٹ ابھی ٹھیک نہیں ہوئی ہے، لیکن پھر بھی وہ ہمارے بیچ آئی ہیں! اب میں مالتی جی سے درخواست کروں گا کہ وہ اپنی باتیں آپ سے کہیں — مالتی جی!

تالیوں کی زبردست گڑگڑاہٹ کا شور اٹھا! اسٹیج پر بھی تالیاں بجنے لگیں۔ میں نے جگی بابو کو دیکھا — وہ بجھ ہی نہیں پا رہے تھے کہ اپنے ہاتھوں کا کیا کریں.... ادھر ادھر اضطراب کے عالم میں دیکھنے کے بعد تالیوں کے شور کی گھن گرج میں انہوں نے بڑے بے ڈھنگے طریقے سے ایک بار تالی بجائی، پھر اپنے دونوں بازو منہ کے نیچے لٹکا لئے۔ ان کی الجھن صاف ظاہر تھی۔

مائک کا گھٹنا توڑ کر وہیں فٹ کیا گیا، جہاں مالتی جی تھیں۔ یوں مالتی جی ہمیشہ اٹھ کر اسٹیج پر کھڑے ہوکر تقریر کرتی تھیں۔ مگر آج کچھ خاص ہی بات تھی۔ شاید وہ جگی بابو سے دور نہیں جانا چاہتی تھیں۔

مالتی جی نے شروع کیا — بہنو اور بھائیو! یہ جو بہنو اور بھائیو کی آج میں نے آواز لگائی ہے.... آپ کو مخاطب کرنے کے لیے جو الفاظ میں نے استعمال کئے ہیں، ان کا آج ایک خاص مطلب ہے! آج میں جنتا کی ہی عدالت میں نہیں، بلکہ اپنی بہنوں اور اپنے بھائیوں کی عدالت میں انصاف مانگنے آئی ہوں۔ لوگوں نے مجھ سے کہا، میں قانونی عدالت میں جاؤں! میں نے کہا: وہ میری عدالت نہیں ہے! میری عدالت یہ ہے، جہاں اس وقت میں موجود ہوں!

تالیوں کی گڑگڑاہٹ پھر ہوئی۔ مرزا صاحب اچھلے اور پاس والے سے بولے — سبحان اللہ! کیا بات ہے! مالتی کو نظر نہ لگے.... ادب بولتی ہے، ادب واللہ...

...... تو بھائیو! کچھ دن پہلے اخباروں میں آپ نے پڑھا ہوگا... میں تو اتنی گندی باتیں زبان پہ

بنی نہیں رہ سکتی، لیکن کیا کروں آپ کی عدالت میں معاملہ پیش کرنے کے لئے مجھے الزاموں کی فہرست بھی پڑھنی ہی ہوگی اور اسی زبان میں، جس زبان میں وہ لکھے گئے ہیں.....

اس بیچ جگت سنگھ نے اخبار نکال کر مالتی جی کے ہاتھوں میں تھما دیا تھا۔

......تو سنئے! الزام لگایا گیا ہے — مالتی جی کے چناؤ اڈے — گولڈن ان میں شراب اور شباب سے بھری رنگین راتیں!

......یہ زبان آپ نے سن لی! اسے ہم نے اپنا الیکشن دفتر ایک جھونپڑی میں کھولا تھا .... لیکن یہ سمجھ کر کہ میں ایک عورت ہوں اور ڈر جاؤں گی، ان لوگوں نے کیا سلوک کیا، جو آج یہ لکھ رہے ہیں! ہمارے آفس کو لوٹا گیا، اس میں آگ لگائی گئی اور ہمارے پر امن کارکنوں کو بری طرح پیٹا گیا ....اب آپ بتائیے، یا تو میں ڈر کر چناؤ کے میدان سے بھاگ جاتی، یا اینٹ کا جواب پتھر سے دیتی ... یہ دونوں ہی راستے بزدلی کے ہوتے ہیں۔ میں کایر نہیں ہوں .... بزدل نہیں ہوں...

تالیوں کی گڑگڑاہٹ ہوئی، مرزا صاحب پھر اچھلے۔

.....اس لئے ....اس لئے .....اس لئے — مالتی جی عوام کے پرسکون ہونے کا انتظار کر رہی تھیں — اس لیے ہم نے طے کیا کہ ہوٹل میں دفتر کھولا جائے، جس سے کہ میرے چناؤ میں جی جان سے جٹے لوگ کم از کم اپنے ہاتھ پیر تو سلامت رکھ سکیں .... آخر یہ سب بھی بال بچے والے لوگ ہیں ... آپ ہی بتائیں، میرے سامنے اور کیا راستہ تھا؟ خیر .... اور یہ خبر کہ ہوٹل میں شراب کی ندیاں بہہ رہی ہیں! کتنی غلط اور بیہودہ ہے، میں کیا بتاؤں! لیکن آپ کی عدالت میں آئی ہوں تو جھوٹ نہیں بولوں گی....

اگر دوسرے ملکوں کے لوگ، غیر ملکی لوگ ہمارے گھر آئیں اور ان کے خیر مقدم اور خاطر داری کے لیے کچھ کیا جائے، تو کیا غلط ہے؟ شراب کو ہم غلط مانتے ہیں، مگر وہ پانی کی جگہ اسے پیتے ہیں .... کیا ہم گھر آئے مہمان کی بے عزتی کریں؟ اور یہ کسی نے نہیں لکھا ہے کہ ان ہی غیر ملکی مہمانوں نے گاؤں میں ہمارے ساتھ جا کر بھگوان کا چرن امرت بھی پیا؟ ہم اگر اپنی تہذیب کی عزت کرتے ہیں تو ہمارے لیے یہ ضروری ہو جاتا ہے کہ ہم غیر ملکیوں کی تہذیب کی بھی عزت کریں! جو دوسروں کی عزت کرنا نہیں جانتا، اس کی عزت کوئی نہیں کرتا....

.....تو شراب کی بات میں نے آپ کے سامنے سچائی سے صاف کر دی .... اب شباب والی بات کو لیں۔ یہ لفظ ہی اتنا گندا ہے کہ مجھے کچھ بھی کہتے جھجک ہوتی ہے ... کیا یہ ہماری تہذیب ہے کہ ہم اپنی بہنوں کے

جسموں کے لئے شباب لفظ استعمال کریں ؟
......اور جس ہوٹل کا نام لے کر یہ غلیظ پروپیگنڈا کیا گیا ہے، اسی ہوٹل کے مالک نرسی سیٹھ اور مے
.....مے ......مے ......لے ......جر......صاحب میرے ساتھ یہاں ہی موجود ہیں !
مالتی جی جگی بابو کو منیجر کہتے اور ان کا نام لیتے ہچکچاتی تھیں، اس لیے منیجر صاحب، جیسے تیسے کہہ کر انہوں نے اس وقت اپنا کام نکال لیا تھا۔ جگی بابو نے بھی بہت عجیب محسوس کیا تھا.... مگر یہ تو پبلک میٹنگ تھی، یہاں سارا کام دھڑلے سے ہونا تھا۔
اور وہ آگے بولی تھیں ــــ نرسی سیٹھ نے ہمیں فری رہنے کی جگہ دی ہے، ہمیں فری کھانا دیتے ہیں! اس لئے کہ ان کا بھی انہیں اصولوں میں یقین ہے، جن میں ہمارا یقین ہے..... میرا کہنا صرف اتنا ہے کہ وہ لوگ جو گندگی اچھالتے ہیں.... مجھے بدنام کریں، کیونکہ انھیں ہارنے کا خطرہ مجھ سے ہے۔ ان بے گناہ لوگوں کو کیوں بیچ میں لپیٹتے ہیں؟ میں کھلے عام کہتی ہوں کہ ان گندے اور غلیظ لوگوں کو جو بدلا لینا ہو مجھ سے لیں.... ان لوگوں پر کیچڑ اچھالنا بند کریں، جن کا کوئی قصور نہیں ہے !
نرسی سیٹھ کا نام جب مالتی جی کی تقریر کے دوران آیا تھا تو وہ اپنی کرسی سے اچھلے تھے۔ انہیں اس بات کی تمیز نہیں تھی کہ ان کا نام کس سلسلے میں لیا جا رہا ہے۔ انہیں صرف یہی خوشی تھی کہ ان کا نام لیا جا رہا ہے اور وہ بھی مالتی جی جیسی لیڈر کے ذریعے ! مالتی جی نے جب کھانے اور رہنے کے فری انتظام کا ذکر کیا تھا تو نرسی سیٹھ کو امید تھی کہ ان کی دریادلی پر تالیاں بجیں گی...... وہ ہاتھ پہ ہاتھ رکھے تیار تھے۔ تالیاں نہ بجنے سے خاصی مایوسی ہوئی تھی، لیکن اتنا اطمینان انہیں ضرور تھا کہ فری والی بات مالتی جی نے کہہ دی تھی۔
پھر مالتی جی نے آگے کہا ــ اب میں اپنی بہنوں سے مخاطب ہونا چاہتی ہوں.... اور اسی بیچ جگت سنگھ نے فائل سے نکال کر مہلا سماج والا پرچہ تھما دیا تھا۔ اسے ہوا میں لہراتے ہوئے مالتی جی نے کہا ــ یہ پرچہ ایک ناپید سنستھا مہلا سماج کی طرف سے بٹوایا گیا ہے۔ میں جانتی ہوں کہ آپ نے اسے دیکھتے ہی نالی میں پھینک دیا ہوگا..... کیونکہ اس پرچے سے جو بدبو آتی ہے، اسے کوئی ہندوستانی عورت برداشت نہیں کر سکتی۔
مرزا جی اچانک تالی بجاتے ہوئے چیخے...... ہیر...... ہیر! اور تالیوں کی گڑگڑاہٹ بھیڑ سے ہوتی ہوئی گذر گئی۔

مالتی جی نے تعریف بھری نظر سے مرزا صاحب کو دیکھا اور آگے بولیں۔ کیا کروں آپ سب حاضرین مجھے معاف کریں گے ... مجھے اس پرچے کی زبان میں ہی پھر بات کرنی پڑے گی۔ اس میں اس پرچے میں پہلا سوال پوچھا گیا ہے۔ شری.... شری... ورما....

للو بابو نے مائک میں منہ گھسیڑ کر کہا۔ بھائیو اور بہنو! مالتی جی اپنے پتی کا نام نہیں لے پا رہی ہیں ان کا نام ہے شری جگدیش ورما۔ ہوٹل گولڈن سن کے منیجر صاحب شری جگدیش ورما!

مالتی جی نے بات کا سرا جوڑا۔ پوچھا گیا ہے کہ گولڈن سن کے منیجر میرے شوہر ہیں، میرے محبوب ہیں یا.. یا۔ یار!... آپ ہی بتائیے، یہ زبان کیا ہمارے گھروں کی ہے؟ لیکن خیر.... میں اس کا جواب بھی دوں گی۔ بھائیو اور بہنو!... خاص طور سے میری بہنو! مجھے یہ کہنا ہے کہ یہ..... یہ..... مالتی جی نے بہت پیار بھری نظر سے جگی بابو کی طرف دیکھا تھا اور اسی پل للو بابو نے جگی بابو کو دولہے کی طرح اٹھا کر کھڑا کر دیا تھا اور مالتی جی نے آگے کہا تھا۔ جی! یہی ہیں میرے پتی! پتی پرمیشور، میرے دوست، میرے پریمی اور میرے مترعینی میرے یار! جو کچھ بھی ہیں یہی ہیں! اور یہ میرے ساتھ آپ کی عدالت میں موجود ہیں!

تالیوں کی گڑگڑاہٹ سے سارا میدان اور اسٹیج بڑی دیر تک گونجتی رہی تھی۔ عوام نے مالتی جی کی صاف گوئی اور ان کی ہمت کے سامنے اپنا ماتھا جھکا دیا تھا اور وہ بغیر تھکے تالیاں بجاتے جا رہے تھے۔

جگی بابو لاتعلق سے کھڑے تھے۔ ان کی سمجھ میں نہیں آ رہا تھا کہ وہ کیا ردِ عمل ظاہر کریں۔ کدھر دیکھیں کھڑے رہیں یا بیٹھ جائیں ...... ان کی سمجھ میں کچھ نہیں آیا تو سامنے پڑے ہاروں کے ڈھیر میں سے پھول نوچ کر وہیں اس کی پتیاں گراتے رہے۔

مرزا جی آپے سے باہر ہو گئے تھے۔ تالیاں بجاتے بجاتے اور دلی مسرت سے خوش ہوتے ہوتے ان کی آنکھوں میں آنسو بھر آئے تھے۔

جب جوش کا طوفان کچھ تھما تو مالتی جی نے بے حد بھرے گلے سے کہا۔ میں نے اپنے پتی کو لا کر آپ کی عدالت میں کھڑا کر دیا۔ اب میرے بارے میں، میرے کردار کے بارے میں، میری بچی کے بارے میں آپ جو کچھ پوچھنا چاہیں..... انہیں سے پوچھ لیجئے! میرے پاس سب سے بڑا جواب یہی ہے! میرے پتی.... اور یہ آپ کے سامنے موجود ہیں۔ اس سے زیادہ میں اور کیا کہہ سکتی ہوں۔ ایک عورت اپنے کردار پر لگے الزام کا سب سے بڑا ثبوت کیا دے سکتی ہے! کہتے کہتے مالتی جی کا گلا رندھ گیا تھا۔ ان سے بولا نہیں جا رہا تھا

للو بابو نے تپاک سے میری جانب دیکھا — دیکھ کیا رہے ہو، ایک گلاس پانی لا دیجئے۔

جب تک مالتی جی نے پانی پیا اور آنسو پونچھے، تب تک مرزا صاحب مائک پر خود آ گئے اور دہاڑنے لگے — میں اپنے ملک کے صدیوں پرانے کلچر اور اپنے اس شہر کی شاندار تواریخ کے نام پر دھبا لگانے والوں کے منہ پر تھوکتا ہوں اور انھیں آگاہ کرتا ہوں کہ آئندہ وہ ایسے ذلیل ہتھکنڈے کام میں نہ لائیں۔ ... نہیں تو ان کا انجام اچھا نہیں ہوگا۔ میرے شہر کے عوام ان لوگوں کو پھاڑ کر کھا جائیں گے جو ماتاؤں اور بہنوں کے پاک ناموں پر کیچڑ اچھالنے کی کوشش کریں گے ....

— مالتی جی! زندہ باد! بھیڑ کے درمیان سے جے جے کا نعرہ اٹھا۔

اسی نعرے میں تمام آوازیں مل گئیں اور دور پر دکھائی پڑا کہ ٹھیک اسی وقت لالہ دینا ناتھ اپنے سنگی ساتھیوں کے ساتھ نعرے لگاتے اسی راستے سے چلے آ رہے ہیں، جس سے مالتی جی آئی تھیں۔ ان کے کارکن جھنڈے اٹھائے ہوئے تھے۔ جنتا سہمی سی رہ گئی۔ سمجھ ہی نہیں پائی کہ یہ کیا ماجرا ہے۔ ہمارے والنیٹروں نے انھیں حفاظتی گھیرے میں لے رکھا تھا۔ آخر دینا ناتھ جی اسٹیج پر آئے۔ سب نے لپک کر ان کا خیر مقدم کیا اور کچھ لمحوں کی آپا دھاپی کے بعد للو بابو نے مائک پر اعلان کیا — اب ایک زبردست اعلان اور ہے۔ ہمارے قابل عزت بزرگ اور لیڈر لالہ دینا ناتھ اسی اسٹیج سے آپ سے کچھ کہیں گے۔ لالہ دینا ناتھ جی!

دینا ناتھ جی آئے اور اپنے خاص لہجہ میں بولنے لگے۔ بہن مالتی جی اور یہاں موجود دوستو! مجھے زیادہ کچھ نہیں کہنا ہے۔ صرف اتنا ہی کہنا ہے کہ مالتی جی جیسی نڈر اور عقلمند لیڈر کے ہاتھوں میں ہمارا استقبل محفوظ ہے! جو کچھ میں آپ کے لیے کر سکتا ہوں، اس سے زیادہ مالتی جی کر سکتی ہیں، اس لیے میں نے یہ طے کیا ہے کہ میں چناو نہیں لڑوں گا ..... اب نام تو واپس نہیں لیا جا سکتا، مگر میں اپنے سارے کارکنوں اور حامیوں سے گزارش کرتا ہوں کہ وہ اب مالتی جی کا ساتھ دیں۔ جو ووٹ وہ مجھے دینے والے تھے، وہ مالتی جی کو دیں۔ میں اب ان کے ساتھ ہوں — اور رہوں گا! مالتی جی کی جیت ہم سب کی جیت ہے! نمسکار ....

— مالتی جی! زندہ باد! بھیڑ پھر گرجی ... تالیوں کے شور سے کان کے پردے پھٹنے لگے۔ لالہ دینا ناتھ کے لیے للو بابو نے مالتی جی کے پاس والی وہ کرسی خالی کروانی چاہی، جس پر ابھی تک جگی بابو بیٹھے تھے۔

— آپ میری کرسی پر آ جائیے! للو بابو نے جگی بابو سے کہا اور لالہ دینا ناتھ کے ہاتھ پکڑ کر شکریہ ادا کرتے

ہوئے انہیں کھینچ کرلے آئے اور جگی بابو کے ذریعے خالی کی گئی کرسی پر لالہ دینا ناتھ کو بٹھا دیا۔

للو بابو لالہ دینا ناتھ کی کرسی کے ہتھے پر جھکے ہوئے کچھ بات کرنے لگے تو ان کا کندھا جگی بابو کو لگا۔ جگی بابو نے دھیرے سے خود ہی للو بابو کے لیے کرسی خالی کر دی — آپ بیٹھئے ..... بات کیجئے .... میں ادھر بیٹھ جاؤں گا .... کہتے ہوئے جگی بابو کچھ کھسیانے سے کونے والی کرسی پر بیٹھ گئے۔

میں نے بہت تکلیف سے دیکھا تھا۔ جگی بابو کی جگہ پھر بیچ سے کونے کی طرف ہٹنے لگی تھی۔ لیکن میں کیا کر سکتا تھا! غنیمت یہی تھی کہ نرسی سیٹھ اس بیچ چپ چاپ اٹھ کر چلے گئے تھے۔

اب پروگرام کے نام پر کچھ خاص نہیں رہ گیا تھا۔ بھیڑ اٹھنے لگی تھی تو مرزا صاحب نے مائک سے اگلے جلسوں کی اطلاع دینی شروع کر دی تھی۔

تھکے ہارے ہم لوگ بھی لوٹ آئے تھے۔ لالہ دینا ناتھ مالتی جی کے ساتھ ان ہی کی کار میں ہوٹل تک گئے تھے۔ جگی بابو کو للو بابو نے میرے ساتھ بٹھا دیا تھا۔ جگی بابو نہ خوش تھے، نہ ناراض ..... وہ علاقتی دنیوی سے آزاد شخص سے لگتے تھے۔

ہم لوگ لوٹے تب تک اندھیرا ہو چکا تھا۔ جگی بابو نے راستے میں کوئی خاص بات نہیں کی۔ سب کے چہروں پر جیت کا اطمینان تھا۔ کچھ ایسا اندازہ کہ آج میدان سر کر لیا ہے۔ اور یہ احساس غلط بھی نہیں تھا۔ ہوا بھی تھا۔ سچ مچ عوام پر بہت زیادہ اثر پڑا تھا۔ مخالفوں کو ہم نے پیٹ لیا تھا۔ ہوٹل میں آ کر اترے تو میں جگی بابو کے ساتھ اوپر چلا گیا تھا۔

جگی بابو ناخوش نہیں تھے۔ مگر وہ سمجھ ہی نہیں پا رہے تھے کہ جو کچھ ہوا، وہ کیسے ہوا۔ میں نے ان سے دھیرے سے کہا — چناؤ ختم ہو جائیں، تو میرے خیال سے آپ اور مالتی جی تھوڑا مل بیٹھ کر سوچیں .....

—— کیوں ؟ انہوں نے بنا سوچے سمجھے ہی پوچھ لیا تھا۔

—— یا للی کو یہاں بلا لیجئے!

وہ دھیرے سے مسکرائے۔ پھر بولے — کچھ سمجھ میں نہیں آتا .... ہماری زندگی کی کیا شکل ہو سکتی ہے؟ آخر کیا شکل ہو گی؟ گرسرن جی! زندگی ایک بار بدشکل ہو جائے تو بہت مشکل ہوتا ہے ..... اسے پھر سے وہی پرانا خوبصورت روپ دینا! میری سمجھ میں کچھ بھی نہیں آتا ....

اسی وقت ایک بیرا نیچے سے تار دے کر آ گیا تھا .... تار للی کا تھا — پاپا! میں یہاں پورے ہوسٹل میں

اکیلی ہوں۔ من نہیں لگتا ہے۔ آپ آکر مجھے لے جائیے!
انہوں نے تار میرے ہاتھ میں دے دیا۔ وہ بہت اداس ہو گئے تھے۔ میں نے بات بدلنی چاہی، بولا۔
جس طرح باتیں آج ہوئی ہیں، انہیں کی بنیاد پر کہہ رہا ہوں جگی بابو کرلی کے پاس یا تو آپ دونوں چلے جائیے یا اسے یہاں بلا لیجئے۔ یہی ٹھیک ہو گا۔
— مشکل یہ ہے گرسرن جی کہ جیسے باہری دنیا میں باتیں ہوتی ہیں، ویسی آپسی دنیا میں نہیں ہوتیں میرے لیے واپس لوٹنا ممکن نہیں ہے..... میرا من اپنی طرح رہتے رہتے اسی طرح رہنے کو تیار ہو چکا ہے... جگی بابو نے کہا تھا۔
میں نے یہی مناسب خیال کیا کہ انہیں ان کے خیالوں کے ساتھ چھوڑ دیا جائے، تا کہ وہ کچھ اور سوچ سکیں اور کسی نتیجہ پر پہنچ سکیں تو اچھا ہو۔

میں دفتر میں آیا تو سب جٹے ہوئے تھے۔ للو بابو کی تقریر چل رہی تھی — مجھ سے پوچھیے تو الیکشن تو جیت لیا بھیئے! اب رہ کیا گیا ہے! سب کی ضمانتیں ضبط نہ ہو گئیں تو مجھ سے کہنا... چندر سین کا تو سامان نیلام ہو گا، دیکھ لینا۔ نہ ہو تو مجھ سے کہنا بھیئے! پھر انہوں نے دھیرے سے مجھ سے کہا — ان لوگوں کو کاٹو بھیئے! کافی رات ہو گئی، اپنے اپنے گھر جائیں۔ ذرا سے نمکین کا انتظام ہو جائے تو مزہ آ جائے بھیئے!
جیسے جیسے مالتی جی کی کامیابی یقینی ہوتی گئی، ان کے آس پاس بھیڑ بڑھتی گئی۔ اب الیکشن ہم نے پورا زور پکڑ لیا تھا۔ اخبار والے جو ہمیشہ مخالفت میں ہی لکھا کرتے تھے، ان کے ٹون میں بھی فرق آ گیا تھا۔ لیکن للو بابو چوکس تھے — اطمینان نہیں کرنا چاہیے۔ بھیئے! الیکشن کا اونٹ کب کس کروٹ بیٹھ جائے کچھ پتا نہیں ہوتا..... اسے گھیر کر کھڑا رہنا چاہیے....
مخالف پارٹیوں اور امیدواروں کے کافی کارکن ٹوٹ ٹوٹ کر ہماری طرف آ رہے تھے، مگر للو بابو کی نظر سب پر تھی۔ مرزا صاحب کافی بڑے جتھے کو لے کر آئے تھے — یہ سب اپنے ساتھ شامل ہونے کو تیار ہیں۔
مالتی جی بہت خوش ہوئی تھیں، لیکن للو بابو نے فوراً تاکید کی تھی — سوچ سمجھ کر چلئے بھیئے۔ اب اس وقت نئے لوگوں کو شامل کرنا میرے خیال سے ٹھیک نہیں ہو گا، ہاں! یہ لوگ بھیتر سے توڑ پھوڑ کرنے کی سازش بھی کر سکتے ہیں....

——— تو جو آپ ٹھیک سمجھیے کیجئے .... مالتی جی نے ساری ذمے داری للو بابو پر ڈال دی تھی ۔ للو بابو کے رویے سے مرزا صاحب تھوڑے دکھی بھی ہوئے تھے، مگر وہ یہ بھی جانتے تھے کہ انتخاب تک للو بابو کی بات ہی چلے گی ۔ اس پر مرزا صاحب نے اور آگے کی سوچی ——— کیوں للو بابو جیتنے کے بعد کس طرح کے جشن کا انتظام کیا جائے ؟

——— ناچ گانا کروا لیجئے ! کیوں بھیئے ! انہوں نے میری طرف دیکھ کر آنکھ ماری ۔

——— پبلک فنکشن کی بات کر رہا ہوں ۔

——— نرسی سیٹھ کو بتائیے .... سب کارکنوں کی ایک شاندار دعوت ہو جائے تو کیا کہنے ! للو بابو نے تجویز دی ۔

——— ایک مشاعرہ کروا دیا جائے تو کیسا ہے ؟ مرزا صاحب نے تائید چاہی، تو للو بابو تاڑ گئے، بولے ۔ لگتا ہے آپ نے کوئی نظم کہی ہے !

اور مرزا صاحب جھینپ گئے، لیکن انہوں نے بات کو سنبھالا ۔ شہر میں بہت سے شاعر ہیں، یہ کہیئے کہ بھوپال شاعروں کا شہر ہے ...... ہر گلی کوچے میں شاعر بھرے پڑے ہیں، سبھی چاہیں گے کہ مالتی جی کی فتح کو شاندار طریقے سے منایا جائے اور انہیں بھی اس میں شامل ہونے کی خوشی حاصل ہو ....

——— تو جو ٹھیک سمجھیے اگر کیجئے، ہمیں تو آپ ایک شام قوالی سنوا دیجئے ..... چاہے میرے اکیلے سننے کا ہی انتظام ہو جائے ! کیوں بھیئے .....

——— یہ بھی ہو جائے گا ! تو چلتا ہوں .....اور مرزا صاحب اٹھ کر چلے گئے ۔ للو بابو نے خوراک لی اور بولے ——— نمکین کا انتظام نہیں ہوا، بھیئے !

صبح سے پھر ہلچل شروع ہو گئی ۔ فون برابر بجتا رہا ۔ طرح طرح کے لوگ جانکاری چاہتے رہے اور تعریف کرتے رہے ۔ اس کے باوجود میں نے یہ محسوس کیا کہ اب سیاسی داؤں پیچ اور گہرے اتر گئے تھے ۔ وہ سطح سے بہت نیچے پہنچ گئے تھے ۔ اور کچھ سنجیدہ صلاح مشورے شروع ہو گئے تھے ۔ مالتی جی نے اگلے دن کے پروگرام ایسے رکھے تھے، جو خاص نہیں تھے ۔ زیادہ تر لوگ ان سے اکیلے میں ہی مل رہے تھے ۔ یعنی باہری مظاہرے کا کام شاید اتنا ضروری نہیں رہ گیا تھا ۔ للو بابو کے مطابق ہمیں باہری کام کو اور زور شور سے چلانا تھا، مگر وہ سب اب خاص لوگوں کو نہیں، بلکہ دوسرے اور تیسرے نمبر کے

لوگوں کے سپرد کیا جارہا تھا۔

ہر پولنگ بوتھ کے لئے پولنگ ایجنٹ مقرر کرنے کا کام مجھے سونپ دیا گیا تھا۔ عورتوں کو نکال کرلانے اور ووٹ ڈلوانے کے لیے عورتوں کی ایک پوری فوج کھڑی ہوگئی تھی۔اس کی انچارج ایک خرانٹ عورت کو بنا دیا گیا تھا۔ گاؤں کے علاقے میں بنیوں کی وصولی کرنے والے گھوم رہے تھے، جس کی للو بابو نے مخالفت کی تھی۔ یہ بات سہی بھی تھی، وصول یابی کرنے والوں کو بھی نفرت کی نگاہ سے دیکھتے ہیں، اس لئے جگت سنگھ کو خاص طور سے سہور گاؤں کے علاقے میں بھیجا گیا تھا کہ وہ جا کر دوسرے ذمے دار لوگوں کو تلاشے اور کام پر لگائے۔

ابھی دوپہر ہی ہوئی تھی کہ ایک دیہاتی سا نظر آنے والا آدمی سائیکل پر آیا تھا۔ تمام جھنڈے لگائے اور اپنی پوری خانہ داری سائیکل میں لٹکے جھولوں میں بھرے، الجھے بال اور بدحواس آنکھیں..... میں نے اسے دیکھا تو پہچانا سا لگا۔ یہ وہی آدمی تھا جو سہور گاؤں میں میں نے دیکھا تھا۔ جس نے بھری مجلس میں مالتی جی سے کہا تھا۔ کھاتے وقت سب انگلیاں برابر ہو جاتی ہیں، اور جسے جلسہ میں سے جگت سنگھ اٹھالے گیا تھا۔ آتے ہی اس نے سوال کیا ـــــ سردار بھگت سنگھ کہاں ہیں؟ میں ان سے ملنا چاہتا ہوں! اس پاگل کی آنکھیں جل رہی تھیں۔

میں چونکا۔ وہ چیخا ـــــ بی بی سی آئی، ای آئی آر...... جلیاں والا باغ..... کاکوری ٹرین ڈکیتی ..... الہ آباد! چندر شیکھر آزاد کہاں ہیں؟ مجھے ابھی ان سے ملنا ہے۔

سب لوگ جمع ہو گئے تھے بھگت سنگھ نے اس پاگل کو سمجھایا ـــــ آپ بیٹھیے! ابھی سب آجائیں گے....

ـــــ کون کون آئے گا؟ وہ پاگل چیخا۔

ـــــ سب آجائیں گے.... بھنڈاری جی ایک پیالہ چائے دیجیے۔ جگت سنگھ نے آواز لگائی۔

ـــــ کہاں ہے فرنگی کی توپ؟ کہاں ہے میرا سبھاش چندر بوس؟ وہ بوڑھا پھر چیخا ـــــ مجھے سبھاش چندر بوس سے ملنا ہے۔ انہیں لے کر میرے پاس آؤ.....

ـــــ آپ خاموشی سے بیٹھیں گے یا نہیں؟ جگت سنگھ نے سخت پڑتے ہوئے کہا۔

ـــــ کیا؟ خاموش۔ میں اب خاموش نہیں بیٹھوں گا۔ تم سب کو گولی سے اڑا دوں گا۔ کہتے ہوئے اس پاگل بوڑھے نے ایک طمنچہ نکال لیا تھا ـــــ اور ایک انقلابی کی طرح سب کی طرف دکھاتے

ہوئے چیخنے لگا تھا — حرام زادے! سب کو بھون کر رکھ دوں گا .... مکّارو، سینے سے گولیاں پار کر دوں گا۔

سب لوگ سکتے میں آ گئے تھے۔ جگت سنگھ نے بات بگڑتی دیکھی تو لپک کر اس بوڑھے کو زور سے مکا مارا تھا، وہ بلبلاتا ہوا زمین پر گر گیا تھا۔ کچھ دیر بعد وہ ڈرا ہوا سا اٹھ کر اپنی سائیکل لے کر دیوار کے سہارے چپ چاپ بیٹھ گیا تھا اور پھوٹ پھوٹ کر رونے لگا تھا۔

جگت سنگھ نے ہی بتایا تھا کہ وہ بوڑھا کبھی کبھی پاگل پن کی باتیں کرتا ہے۔ کچھ دیر کے لیے دماغ چل جاتا ہے، پھر ٹھیک ہو جاتا ہے۔ جب ٹھیک ہو جاتا ہے تو عقلمندی کی باتیں کرتا ہے۔ وہ بس یوں ہی اپنی سائیکل پر جھنڈا لگائے اور جھولے لٹکائے ادھر ادھر گھومتا رہتا ہے۔ بھوک لگتی ہے تو بکتا ہے۔

مجھے نہیں معلوم، شام کی میٹنگ کیسی ہوئی، کیونکہ میں گاؤں کی طرف چلا گیا تھا۔ لوٹا تو دیر ہو گئی تھی۔ حال چال بتانے کے لئے اوپر گیا تو بندا ملا۔ اس نے بتایا۔ مالتی جی کچھ ضروری کاغذات دیکھ رہی ہیں۔ آس پاس پھیلی مہک سے میں سمجھ گیا تھا کہ اس وقت ملنا مشکل ہوگا۔ لیکن بندا نے بیٹھا لیا۔ روشن دان کی جھری، جہاں سے روشنی پھوٹ رہی تھی، سگریٹ کا دھواں تیرتا ہوا آ رہا تھا۔ میں نے دروازے کی طرف دیکھا — مالتی جی عینک لگائے تھیں، شال کندھوں پر پڑا تھا۔ کچھ کاغذ بھی پلٹتی جا رہی تھیں اور سگریٹ بھی پیتی جا رہی تھیں۔ ایش ٹرے بغل میں رکھی تھی، ان کا ہاتھ راکھ جھاڑنے کے لئے ایش ٹرے تک گیا تھا، ذرا سا ٹھٹکا تھا، پھر وہ کھڑکی کے پاس گئی تھیں، وہیں سگریٹ کی راکھ جھاڑ کر انہوں نے دو کش اور لئے تھے اور سگریٹ بجھا کر کھڑکی سے نیچے پھینک دی تھی۔ ایش ٹرے میز سے اٹھا کر سائڈ ٹیبل پر رکھ دی تھی اور کاغذ دیکھنے میں مشغول ہو گئی تھیں۔

میں چپ چاپ اٹھ آیا تھا۔ غلطی سے لفٹ اوپر چلا گیا تو سوچا جگی بابو کو بھی دیکھتا جاؤں۔ وہ جاگ رہے تھے۔ دونوں ہتھیلیاں سر کے پیچھے ٹکائے چپ چاپ لیٹے تھے۔ مجھے دیکھتے ہی اٹھ کر بیٹھ گئے۔ بولے۔ میں آپ کو ہی یاد کر رہا تھا، سوچ رہا تھا کہ فون کر کے بلاؤں۔

— بتایئے ..... میں حاضر ہوں! میں نے کہا۔

— اب میں پریشان ہوں!

—— کیوں، کیا ہوا؟

—— میں ابھی سب باتیں صاف کر لینا چاہتا ہوں..... اس طرح ترشنکو کی طرح بیچ میں نہیں لٹکا رہنا چاہتا۔ آخر اس سارے ناٹک کا مطلب کیا ہے؟ جگی بابو بولے۔

—— کس ناٹک کا؟

وہ اٹھے اور جھٹکے سے انہوں نے ایک پیکٹ کھول کر میرے سامنے کر دیا —— یہ سب کیا ہے؟ یہ کس لئے بھیجا گیا ہے؟

میں نے دیکھا —— اس میں للی کے کپڑے تھے۔ کچھ کتابیں، کچھ سوئیٹس۔

—— یہ کس لئے بھیجا گیا ہے؟ یہ کیا تماشا ہے؟

میں جگی بابو کا غصہ بھانپ گیا تھا، میرا چپ رہنا ہی بہتر تھا۔ میں نے اپنی غیر رضامندی جتائی تھی اور اتنا ہی کہا تھا۔ میں آج ادھر تھا نہیں۔ میں گاؤں کی طرف گیا ہوا تھا۔ ابھی کچھ دیر پہلے ہی واپس آیا ہوں۔ مالتی جی کی آپ سے ملاقات ہوئی تھی یا.....

—— یہ جگت سنگھ لایا تھا!..... یہ کس چیز کا انعام ہے؟ انہوں نے اونچی آواز میں مجھ سے پوچھا تھا۔

—— بہت بڑی غلطی کی ہے مالتی جی نے..... مجھے کچھ وقت دیجئے، میں ان سے بات کروں گا.....

میں گھبرا کر کہہ گیا تھا۔

—— آپ کیا بات کریں گے، بات میں کروں گا! وہ غصے میں ہی بولے۔

—— میرے خیال سے آپ کچھ دن اور رک جائیں —— الیکشن ہو جائے تو سب باتیں کھل کر کر لی جائیں!

—— کیوں! ہر بات ان کی سہولت، ان کی ضرورت اور ان کے وقت کا انتظار کیوں کرتی رہے؟ کس لیے اب ہر بات مالتی کی ضرورت اور وقت کے مطابق نہیں ہوگی! جگی بابو نے ہونٹ چباتے ہوئے کہا تھا۔

—— میرے خیال سے آپ چار یا پانچ دن اور رک جائیں تو بہتر ہے۔ جس دن ووٹ پڑیں گے، سب سناٹا ہوگا، وہ ایک دم خالی ہوں گی۔

لوگ بھی نہیں ہوں گے، تب ٹھیک رہے گا۔ میں نے انہیں سمجھایا —— اتنی سی میری بات مان لیجئے۔

وہ بند پنجرے میں شیر کی طرح ٹہلتے رہے۔ میرے لیے اٹھ کر آنا مشکل ہو رہا تھا۔ اندھیرا چاروں طرف بھرا ہوا تھا۔ ان کے چہرے پر روشنی کی لکیر آتی اور ہٹ جاتی تھی۔ جگی بابو کی تکلیف بہت ہی

دھم گھری تھی۔ لیکن کیا کیا جا سکتا تھا؟ میں یہ بھی نہیں چاہتا تھا کہ مالتی جی کا سارا کام آخری دنوں میں بگڑ جائے ــــ میں صبح آؤں گا۔ کہہ کر میں اٹھنے لگا تھا۔

ــــ جائیے آپ بھی آرام کیجئے! جگی بابو نے کہا تھا ــــ میں کوئی خاص بات نہیں کروں گا؟ کیوں کروں؟ فضول ہی اس معاملے میں پڑ گیا۔ ہوں ــــ مجھے کیا ضرورت ہے ۔ ۔ ۔ ۔ کہہ کر وہ بستر پر لیٹ گئے۔

میں بھی اٹھ کر چلا آیا۔ چلتے چلتے یوں ہی کہہ آیا تھا ــــ میں صبح آؤں گا۔

یوں صبح جگی بابو سے ملنے کی کوئی وجہ تو نہیں تھی، مگر کہہ آیا تھا اس لیے گیا تو دیکھا ۔ ۔ ۔ ۔ اپارٹمنٹ میں تالا لگا تھا۔ نیچے اتر کر آیا۔ اسسٹینٹ منیجر سے پوچھا تو اس نے بتایا ــــ وہ کہیں گئے ہیں۔

ــــ کہاں؟

ــــ یہ تو پتا نہیں۔ شاید اپنی بچی کے پاس بیکا نڑھی گئے ہوں۔ اور کہیں وہ جاتے بھی نہیں۔

ــــ اس کا مطلب ہے چھٹی لے کر گئے ہیں!

ــــ جی!

میں سن رہ گیا۔ حالانکہ الیکشن کا بخار کافی تیز تھا مگر میرا حال برا ہو گیا تھا۔ ایک تو کام کا بوجھ ــــ اوپر سے یہ جھٹکا! میں دفتر میں آکر چپ چاپ لیٹ گیا تھا۔ کچھ بھی سمجھ میں نہیں آ رہا تھا۔ جگی بابو نے یہ کیا کیا تھا۔ کہیں وہ استعفیٰ دے کر تو نہیں چلے گئے تھے؟ کہیں کچھ اور تو نہیں کر بیٹھیں گے؟ اپنی عزت اور اپنی تنہا دنیا کو لے کر جینے والے آدمی کی لیے یہی تو مشکل ہوتی ہے۔ مجھے سمجھ میں نہیں آ رہا تھا کہ مالتی جی نے جگت سنگھ کے ہاتھوں للی کے لئے وہ پیکٹ کیوں بھجوایا تھا۔ کیا مالتی جی نے جگی بابو اور للی کو کپڑوں اور کھ تحفوں سے تولنا چاہا تھا۔ یہ تحفے کیا بصورت نذرانہ نہیں بن گئے تھے؟ میں خاموش لیٹا یہ سب سوچ ہی رہا تھا کہ للو بابو نے قریب سے گذرتے ہوئے پوچھا۔

ــــ تھک گئے بھیئے؟ آج شام تم بھی ایک خوراک لینا ۔ ۔ ۔

مجھے کچھ بھی اچھا نہیں لگ رہا تھا۔ تبھی سائیکل کی گھنٹی بجی اور دروازے پر وہی بوڑھا پاگل دکھائی دیا ــــ اس نے وہیں سے آواز لگائی ــــ جگت سنگھ جی! ہمارے ساتھ غریبی مٹانے چلیں گے؟ آئیے چلیے۔

اس وقت وہ بالکل ٹھیک ٹھیک بول رہا تھا۔

اتنے میں جگت سنگھ آگیا تھا۔ اس بوڑھے کو دیکھتے ہی بولا۔ آپ پھر آگئے؟
بوڑھے نے بالکل نارمل آدمی کی طرح کہا۔ میں آپ کا ساتھ دینے آیا ہوں۔ بہت وچار کیا۔ میں نے بہت سوچا اور طے کیا کہ ایک بار آپ کا ساتھ اور دیا جائے..... شاید غریبی اس بار مٹ سکے! اس بار اور دیکھتا ہوں.... نہیں تو طمنچہ میرے پاس ہے ہی ... بھگت سنگھ، آزاد، بسمل میرے ساتھ ہیں ہی...
وہ بوڑھا پھر بہکنے لگا تھا۔

—— آپ ادھر جاکر چائے پیجئے۔ کچھ ناشتہ کر لیجئے.... جگت سنگھ نے کہا اور انہیں بھنڈاری والے کونے کی طرف ٹھیل کر بھیتر آیا، اسے کوئی فون کرنا تھا۔ فون نہیں ملا تو اٹھ کر جانے لگا۔ میں نے اسے وہیں روک دیا۔ بنا پوچھے میرا دل نہیں مان رہا تھا۔ میں نے پوچھا۔ کیوں جگت سنگھ، جگی بابو کو وہ تحفوں کا پیکٹ تم دے آئے تھے؟

—— ہاں... کیوں؟ للو بابو نے کہا تھا جگت سنگھ بولا۔

—— للو بابو نے کہا تھا؟ پیکٹ کس نے دیا تھا، مالتی جی نے یا للو بابو نے؟ میں نے پتا کیا۔

—— للو بابو نے دیا تھا۔ ہمیں دیا تھا۔ مجھ سے کہا، اوپر جاکر دے آؤ اور کہہ دینا مالتی جی نے بھیجا ہے!
کیوں کیا ہوا؟ جگت سنگھ کا اشتیاق جاگا۔

—— کچھ نہیں۔ میں صرف یہ جاننا چاہتا تھا کہ وہ مالتی جی نے بھجوایا تھا یا نہیں... میں نے کہا۔

—— ٹھیک ٹھیک مجھے معلوم نہیں۔ مالتی جی نے میرے سامنے تو دیا نہیں، لیکن للو بابو نے جب کہا کہ کہنا کہ مالتی جی نے بھیجا ہے، تو انہوں نے ہی بھیجا ہوگا۔ اور کون بھیج سکتا ہے! آپ مالتی جی سے دریافت کر لیجئے... کون سی بڑی بات ہے.... کہتے ہوئے جگت سنگھ چلا گیا۔
میری الجھن اور بڑھ گئی۔ یہ وقت بھی ایسا نہیں تھا کہ مالتی جی سے پوچھتا۔ وہ بگڑ جاتیں۔ یہ بات کرنے کا کوئی موقع ہے؟ جو کام کر رہے ہیں، پہلے اسے دیکھئے۔
رہ رہ کر مجھے مضطرب، ٹوٹے جگی بابو کا خیال آرہا تھا۔ وہ اچانک بنا بتائے چلے گئے۔ پتا نہیں کیا سوچ کر گئے ہوں گے! دیج مڑھی ہی گئے ہیں یا کہیں اور.... لوٹ کر آئیں گے یا نہیں؟ آئیں گے بھی تو کب۔ مجھے یہی لگ رہا تھا کہ برداشت کرنے کی کوشش کرتے ہوئے بھی وہ بھیتر سے کسی بھی حالت کے لئے تیار نہیں تھے۔ اس لئے آخر کار وہ برداشت نہیں کر پائے۔ للی کی چھٹیاں تھیں۔ وہ اکیلی ہوسٹل میں ہوگی،

یہ بات بھی لگاتار انہیں رنجیدہ کرتی رہی ہوگی اور پھر للی کا تار بھی آیا تھا۔ رکنا مشکل ہوگیا ہوگا ان کے لیے ہوسکتا ہے، وہ للی کو لے کر کہیں اور چلے جائیں۔ ... یہ تو طے لگ رہا تھا کہ وہ تب تک لوٹ کر نہیں آئیں گے، جب تک یہ دھوم دھام ختم نہیں ہو جاتی ... یعنی مالتی جی چلی نہیں جاتیں۔

یہ سب بہت تکلیف دہ تھا۔

مجھے امید تو نہیں تھی، لیکن آتے جاتے میری نگاہیں بھی تلاشتی رہتی تھیں کہ کہیں وہ آ نہ گئے ہوں۔

دوسرے دن میں تال کی نچلی سڑک کی طرف گیا تھا جہاں منسٹروں کے بنگلے ہیں۔ ... وہاں جگی بابو سے ملنے کی قطعی کوئی امید نہیں تھی۔ لیکن ایک پلیا کے پاس دیکھا — تانگا کھڑا ہے، اور للی کا سامان رکھا ہے، اور للی اور جگی بابو دونوں تال کے کنارے کھڑے ڈوبتا ہوا سورج دیکھ رہے ہیں۔ تال کا پانی کافی اترا ہوا تھا... وہاں دو نادیں کھڑی تھیں۔ للی ادھر بھاگ گئی تھی۔ جگی بابو اسے آواز دے رہے تھے۔ تبھی میں نے انہیں آواز دی — ارے جگی بابو! آپ یہاں؟

— ارے آپ! ہاں ... للی کو بھوگڑھی سے لے آیا ہوں۔ اسٹیشن پر اتر کر ضد کرنے لگی، تانگے سے چلئے پاپا ... تال کا چکر لگاتے ہوئے چلئے پاپا ... بہت شیطان ہے۔ ذرا دیکھوں اسے کہیں ناو پانی میں نہ اتار لے ... کہتے ہوئے جگی بابو کنارے کی طرف بھاگتے چلے گئے۔

مجھے جلدی تھی۔ میں باپ بیٹی کو کچھ لمحوں تک دیکھتا رہا ... وہ دونوں دوڑ رہے تھے۔ للی آگے آگے جگی بابو پیچھے پیچھے ... للی کی بھولی آواز آ رہی تھی — پاپا، ہمیں پکڑیے ... پاپا، ہمیں پکڑیے ... تانگے والا انہیں حیرت اور محبت سے دیکھ رہا تھا۔

میں انہیں پلٹ پلٹ کر دیکھتا چلا آیا۔ وہ دونوں اپنے میں ڈوبے ہوئے تھے۔ انہیں کسی کی پرواہ نہیں تھی۔ وہ ڈوبتے ہوئے سورج کو بھی بھول گئے تھے۔ بھاگتے بھاگتے وہ دونوں کافی دور نکل گئے تھے۔

تال کا پانی سنہلا ہو کر لہرا رہا تھا۔ ہوا دھیرے دھیرے چل رہی تھی۔ کنارے کی گھاس سرسرا رہی تھی۔ للی کے کھلے ہوئے ریشمی بال اڑ رہے تھے۔

کافی لمبا چکر کاٹ کر جب میں ہوٹل پہنچا، تب تک جگی بابو اور للی نہیں لوٹے تھے۔ رات ہوگئی تھی۔ میں مالتی جی کے پاس چلا گیا۔ ان سے کچھ ضروری باتیں کرنی تھیں۔ دل میں آیا بھی تھا کہ انہیں بتا دوں گا، للی آئی ہوئی ہے مگر میں نے جان بوجھ کر نہیں بتایا ... مالتی جی کا توازن بگڑ سکتا تھا اور جگی بابو

کو برا لگ سکتا تھا۔

ووٹنگ کے لیے تین دن باقی تھے۔ اصل میں تو صرف دو دن۔ پرسوں بارہ بجے رات سے سب پرسکون ہو جاتا تھا۔ پروپیگنڈے کا کام ختم ہو جاتا تھا۔ اس لیے یہ آخری دو دن تھے پروپیگنڈے اور مظاہرے کا کام بھی زوروں پر تھا اور اندر ہی اندر ٹھوس کام بھی چل رہا تھا۔ مالتی جی اسی میں بہت مصروف تھیں۔

للی بہت پیاری بچی تھی۔ صبح من نہیں مانا تو چپ چاپ اٹھ کر اسے دیکھنے چلا گیا۔ وہ بیٹھی اپنے پاپا کو اخبار کی خبریں پڑھ کر سنا رہی تھی۔ پاپا کا چشمہ لگائے ہوئے۔ الیکشن فیور ریچیز اٹس ہائیسٹ پیک! دا بلنس ان گجرات۔ سنیے پاپا ..... آئل فاؤنڈ ان بامبے ہائی .....

—— اچھا چشمہ اتار اور دیکھ، چاچا جی آئے ہیں! جگی بابو نے ٹوکا۔ چشمہ لگائے لگائے اس نے شیطانی سے مجھے دیکھا —— نمستے انکل!

—— نمستے بیٹے! کہہ کر میں نے اسے پیار کیا اور بیٹھنے لگا تو جگی بابو نے کرسی پر بکھری للی کی تمام چیزیں بٹورتے ہوئے کہا —— پوری گرہستی اٹھا لائی ہے! اوہ! یہ ٹوپی دیکھی ..... گرسن جی ... یہ للی میرے لیے لائی ہے۔

رنگین سوت کی پھندنے دار ٹوپی۔ جگی بابو نے لگائی تو للی نے آنکھیں چمکائیں —— اچھی ہے نہ پاپا!

—— بہت بڑھیا —— اچھا اب تم تیار ہو جاؤ ..... ہوں ..... جگی بابو نے کہا تو للی چشمہ اتار کر گئی اور کنگھا اٹھا لائی ..... ہمارے بال بناؤ پاپا۔

وہ پاپا کچھ اس پیارے انداز سے کہتی تھی کہ دفعتاً پیار امنڈنے لگتا تھا۔ جگی بابو کنگھے سے اس کے بال سلجھانے لگے ..... سلجھاتے سلجھاتے بولے —— میں جان بوجھ کر اسے یہاں لے آیا ہوں۔

—— کیوں پاپا؟ للی نے سوال کیا۔

—— کچھ نہیں بیٹے۔ یہ اپنا گھر نہیں ہے؟ جگی بابو نے کچھ اس طرح سے کہا کہ محسوس ہوا کہ وہ بات کو ٹالنا چاہتے ہیں۔

تبھی بیرا ایک ٹرے میں ناشتہ لے کر آ گیا —— گڈ مارننگ للی بیٹی!

——مارننگ رام سنگھ انکل! گڈ مارننگ ...... للی چہکی۔

——پیو للی بی بی کا دودھ! بیرے نے جیسے چھیڑتے ہوئے کہا۔

——دیکھئے پاپا..... ہم دودھ نہیں پئیں گے ..... رام سنگھ انکل کو سمجھائیے! للی نے روٹھتے ہوئے کہا۔

——پہلے گلاس بھی تو دیکھو..... اس میں کیا ہے! جگی بابو نے رام سنگھ کے ہاتھ سے سنترے کے رس کا گلاس لے کر سامنے کر دیا۔ للی کھلے من سے مسکرا دی۔

——اچھا، میں ابھی چلوں ..... میں نے کہا اور للی کو پیار کر کے میں چلا آیا۔

کام تو میں سب کرتا رہا مگر آنکھیں ہمیشہ للی کے لیے چوکس رہیں۔ ادھر ادھر وہ دکھائی پڑتی رہی۔ اپنے اکیلے پن میں مست وہ اپنے ساتھ رہنے کی عادی ہو گئی تھی۔ کبھی وہ ٹیرس کی دیوار پر لٹکی صابن کے بلبلے چھوڑتی نظر آتی ... کبھی کاونٹر کے پار پڑی کرسیوں پر پیر ہلاتی بیٹھی رہتی۔ کبھی ہمارے کاٹج کے پاس والے لان میں تتلیاں پکڑنے آتی۔

غنیمت ہوئی کہ ووٹنگ پرسکون طریقہ سے ہو گئی۔ دنگے فساد کی امید تو تھی ہی۔ لیکن ہم بھی تیار تھے۔ للو بابو نے پوری تیاری کر رکھی تھی۔ زیادہ خطرہ گل احمد کے آدمیوں کی طرف سے تھا۔ گل شیر نے اس بیچ جم کر فرقہ وارانہ زہر پھیلایا تھا۔ ہم لوگ چوکس تھے، مگر کیا کہا جا سکتا تھا؟ کب کیا ہو جائے، کسی کو پتا نہیں ہوتا—— چندر سین تو رسّی کا سانپ تھے۔ یہ بات الیکشن مہم کے زور پکڑتے پکڑتے صاف ہو گئی تھی۔ پھر بھی وہ نزدیکی حریف تھے۔

ووٹنگ شام پانچ بجے بند ہو گئی۔ ہم لوگ لست پست پڑ گئے۔ کسی کو کچھ بھی ہوش نہ تھا۔ سب لوگ گھوڑے بیچ کر سو گئے تھے۔ صبح نو بجے سے کلکٹری میں گنتی شروع ہونے والی تھی، مگر ہمارا کوئی ایجنٹ وہاں نہیں پہنچا تھا۔ آخر پولنگ افسر کا فون آیا اور جیسے تیسے تیار ہو کر للو بابو بھاگے۔ کچھ دیر بعد لوگ پہنچ گئے۔ گنتی شروع ہو گئی تھی۔ کلکٹری کے باہر لوگوں کی بھیڑ جمع تھی۔ وہاں پہنچ کر یہ اندازہ ہوا تھا کہ چندر سین اور گل شیر احمد کے لوگ بھی کافی جوش میں تھے۔ ایسی بات نہیں تھی کہ انہیں جیتنے کی امید نہ ہو۔

الگ الگ امیدواروں کے لوگ کلکٹری کی چہار دیواری کے باہر درختوں کی چھاؤں میں جمع تھے۔ گنتی چلنے کی وجہ سے گارد کا پہرہ بھی اس حصے میں تھا۔ چندر سین کے لوگوں نے چائے کی دکانوں سے کرائے پر تخت لے کر اپنی گدی نیم کے درخت کے نیچے قائم کر لی تھی۔ گل شیر احمد کے مجمعے میں شربت بنٹ رہا تھا۔
قریب دو گھنٹے بعد چار پانچ آدمی اس کمرے کے دروازے پر دکھائی پڑے جہاں کاؤنٹنگ ہو رہی تھی۔ للو بابو بھی ان میں تھے۔ وہ بہت خوش نہیں تھے۔ باقی کے لوگ دوسرے امیدواروں کے ایجنٹ تھے۔ باہر کھڑے لوگوں کے گروہوں نے انہیں گھیر لیا۔ کیا حال ہے؟ کتنی کاؤنٹنگ ہوئی؟
چندر سین کے ایجنٹ نے فخر سے کہا۔ اب تک سات ہزار کی کاؤنٹنگ ہوئی ہے۔ چندر سین جی دو ہزار سے آگے ہیں۔
——— چندر سین زندہ باد! چندر سین زندہ باد! کے نعرے لگے اور چندر سین کے مجمعے میں چائے کے کلھڑ اور گلاس چلنے لگے۔ پتوں پر زجیا بھی آنے لگی۔
گل شیر احمد کے مجمعے میں شربت کے گلاس رک گئے۔
ہم لوگ خاموش تھے۔ ابھی کچھ کہا نہیں جا سکتا تھا۔ ابھی تو شروعات تھی۔ اوپر نیچے تو لگا ہی رہتا ہے۔ ڈیڑھ لاکھ کی گنتی میں بہت بار ہچکولے لگنے تھے۔

وہ سائیکل والا بوڑھا پاگل بھی ایک جگہ کھڑا تھا۔ کچھ دیر بعد اس نے بھی مجمعہ جوڑ لیا تھا۔ وہ بول رہا تھا۔ گاندھی جی نے گولی کیوں کھائی تھی؟ بولو بھائیو! گاندھی جی نے گولی کیوں کھائی تھی؟ بھگت سنگھ پھانسی پر کیوں چڑھے تھے؟ چندر شیکھر آزاد کیوں شہید ہوئے تھے؟ سبھاش چندر بوس نے پوشاک کیوں بدلی تھی؟ بولو، مجھے بتاؤ.... اور اس کے بعد اس بوڑھے پاگل نے جھولے سے کھنجڑی نکالی اور کان پر ہاتھ رکھ کر الاپ لینے لگا———

محنت کش لوگو ہوشیار ....
میں ڈنکے کی چوٹ بتاتا ہوں ......
کرسی ہے ان کا اولین مقصد
کرسی والا کوئی بھی ہو.......

جو کرسی دے، وہ وطن پرست
اجلا کالا کوئی بھی ہو.....
محنت کش لوگو، ہوشیار......
میں ڈنکے کی چوٹ بتاتا ہوں.....
مزدور کسانوں میں کرتے
یہ، باتیں مزدور کسانوں کی
پر کھلی وکالت کرتے ہیں
یہ دولت والوں کی، جاگیرداروں کی!
کرسی پر ان کو یاد نہیں آتے
آنسو مزدور کسانوں کے .....
میں ڈنکے کی چوٹ بتاتا ہوں
یہ سب، ساتھی ہیں شیطانوں کے....
محنت کش لوگو! ہوشیار!

مجمعے میں لوگ بھنکنے لگے تھے کہ تبھی ایک پولس والا آیا۔ بوڑھے پاگل نے ڈر کر اسے دیکھا اور کھنجڑی بجانا بند کر دیا۔ پولس والا چلا آیا۔

—— تو پھر آ گیا! چل بھاگ! اور اس نے اس کی کھنجڑی چھین کر ایک طرف پھینک دی۔ اسٹینڈ پر کھڑی سائیکل کو گرا دیا اور بوڑھے کو ایک طرف دھکیل دیا۔ بوڑھا ہنستا ہوا اٹھ کر کھڑا ہو گیا۔ جیسے وہ پولس والے کو چڑھا رہا ہو۔ مجمع بکھر گیا۔ بوڑھے نے اپنا سامان سمیٹا اور دور ایک درخت کے نیچے بیٹھ کر بیڑی پینے لگا۔

تب تک ایجنٹ پھر باہر آئے تھے۔ پھر خبر پھیلی —— پچیس ہزار کی کاؤنٹنگ ہو گئی ہے۔ جگدیش چندر سین اب پانچ ہزار سے لیڈ کر رہے ہیں، گل شیر احمد نمبر دو اور مالتی جی نمبر تین۔

للو بابو پیر پٹکتے ہوئے نکلے تھے۔ پاس آ کر غصے سے بولے تھے —— ارے بھیئے، ضلع کمیٹی والوں نے دغا کیا ہے۔ روٹیاں ہماری توڑیں، ووٹ چندر سین کو دیے۔ دیکھا بھیئے! گاؤں کے علاقوں کی

کاؤنٹنگ پوری ہوگئی ہے۔ وہاں تو اپنا بھٹہ بیٹھ گیا۔ مگر یہ گل شیر احمد کہاں سے اتنے ووٹ نکال لے گیا سمجھ میں نہیں آتا بھیئے!

چائے کا ایک گلاس پی کر اور جلدی جلدی بھجیا کھا کر للو بابو پھر اندر چلے گئے۔ چندر سین والے درخت کے نیچے سب سے زیادہ بھیڑ ہو گئی تھی۔ شہر میں بھی دیکھتے دیکھتے خبر پہنچ گئی تھی۔ کچھ لوگ سائیکلوں سے کچھ موٹروں سے آئے تھے۔ کچھ جیپیں بھی آئی تھیں ...... ساری بھیڑ چندر سین والے درخت کے نیچے جمع ہو رہی تھی۔ ان کی پارٹی کا ایک کارکن کہہ رہا تھا ــــ ہاروں کا انتظام کر لو ... جیپ میں پٹرول بھی بھر لو ..... بابو جی کو خبر پہنچ رہی ہے نہ؟

ــــ بابو جی گھر سے چل چکے ہیں۔ ابھی بازار میں اٹکے ہوئے ہیں۔ وہیں انہیں خبر دے دی گئی ہے کسی نے بتایا تھا۔ بابو جی! سے ان کا مطلب چندر سین سے تھا۔ ہماری طرف سناٹا تھا۔ سب کے چہروں پر ہوائیاں اڑ رہی تھیں۔ گل شیر احمد کے خیمے میں رونق تھی۔

دوپہر ڈھلتے ڈھلتے کافی کچھ صاف ہو گیا تھا۔ کچھ ڈھول نگاڑے والے چپ چاپ آکر چائے والوں کی بنچوں پر جم گئے تھے۔ بیچ بیچ میں وہ ذرا سا ڈھول بجا کر یہ جتا دیتے تھے کہ باجے والے بھی موجود ہیں۔ جنہیں ضرورت ہو وہ ابھی طے کر لے۔ کچھ مالنیں بھی آ گئی تھیں ــــ پھولوں کے ہار لئے اور گٹھری میں کھلے پھول باندھے ــــ دور سے ہیجڑوں کی ایک ٹولی تالیاں چٹکاتی چلی آ رہی تھی۔ ہیجڑے آکر باجے والوں کے ساتھ جم گئے تھے۔

گل شیر احمد کی حالت خستہ ہو چکی تھی۔ وہ خاموش ایک جیپ میں بیٹھے تھے۔ ان کے ارد گرد سات آٹھ آدمی ہی تھے۔ باقی لوگ چندر سین کے مجمعے میں شامل ہو گئے تھے۔ سب کچھ بھیڑ اب ہماری طرف بھی اُدھر رہی تھی۔ لیڈ تو چندر سین ہی کر رہے تھے مگر فرق صرف ڈھائی ہزار کا تھا۔ پتا چلا تھا کہ چندر سین کلکٹری کے پاس والے ہوٹل تک آ گئے تھے۔ اب وہ تب ہی کلکٹری پر آنے والے تھے جب جیت کی خبر سنائی پڑے گی۔

ماتی جی کو ہم لوگ پٹرول پمپ پر لگے فون سے ساری خبر دے رہے تھے۔ آخری گھنٹے بہت خدشات اور اندیشوں بھرے تھے۔ تبھی میں نے دیکھا، جگی بابو للی کو لئے ہوئے آئے تھے۔ وہ اسے سب کچھ دکھلا سمجھا رہے تھے ... ہیجڑے چندر سین کے مجمعے میں ناچ رہے تھے۔ ڈھول والے دھیرے دھیرے بھانپ

رہے تھے۔

——کیا حال ہے گرسرن جی ہم جگی بابو نے پوچھا تھا۔

——کچھ کہا نہیں جا سکتا ...... دیکھیے......

——فکر مت کیجیے۔ جیت جائیں گے آپ!

——کوکا کولا منگواؤں؟ میں نے پوچھا۔

——نہیں نہیں! اسے بازار لے جا رہا تھا۔ سوچا یہ تماشا بھی دکھا دوں! یہ کہتے ہوئے وہ للی کو لے کر چل دیئے تھے۔

چندر سین کی ٹولی میں کچھ لوگ ہار خرید کر شامل ہو گئے تھے۔ تبھی اطمینان بھری مسکراہٹ چہرے پر لئے للو بابو نے دروازے سے جھانکا تھا۔ جگت سنگھ دوڑ کر پاس گیا تھا اور وہیں سے چیختا ہوا بھاگا تھا مالتی جی!

ہم لوگوں نے بنا کچھ جانے ہی نعرہ لگایا تھا۔ زندہ باد!

سنسنی بڑھ گئی تھی۔ پتا چلا کہ مالتی جی تین ہزار سے آگے ہو گئی تھیں سنتے ہی ہیجڑے ہمارے خیمے میں آ کر ہڑبونگ مچانے اور تالیاں چٹکانے لگے۔ ہاروں والے کچھ لوگ دھیرے سے ادھر سے کھسک کر ادھر ہماری طرف آ گئے۔

اور ہم نے اپنی جیپ سجانے کا انتظام شروع کر دیا۔ باجے والے بھی ہماری طرف آ گئے تھے۔ میں نے دوڑ کر کیمپ سے مالتی جی کو خبر دی اور اصرار کیا وہ کلکٹری پر آ جائیں اب صرف دس ہزار کی گنتی باقی رہ گئی تھی اور ہمیں پوری امید تھی کہ ہم جیتیں گے۔

اور وہی ہوا! مالتی جی سات ہزار ووٹوں سے جیت گئی تھیں۔ لوگ پاگل ہو گئے تھے۔ ڈم ڈم ڈھول بجنے لگے تھے۔ ہیجڑے ساڑی کا کنارا پکڑ کر پھرکی کی طرح ناچنے لگے تھے۔ پھولوں کی بارش ہو گئی تھی۔ مالتی جی، مرزا صاحب، لالہ دینا ناتھ اور دوسرے تمام ساتھیوں کے ساتھ آ گئی تھیں۔ خوشیوں اور مبارک بادیوں کے دور کے بعد جب جوش تھوڑا کم ہوا تھا تو ادھر دھیان گیا۔ چندر سین کے کارکن غائب ہو چکے تھے۔ تخت خالی پڑے تھے۔ چائے کے گلاس اور کلھڑ بکھرے پڑے تھے۔

چندر سین سات ہزار ووٹوں سے ہارے تھے اور گل شیر احمد کی ضمانت ضبط ہو گئی تھی!
گل شیر احمد کلکٹری کے پھاٹک کے سامنے کھڑے پاگلوں کی طرح چیخ رہے تھے۔ ہماری ضمانت کیسے ضبط ہو سکتی ہے! میں پوچھتا ہوں کیسے ضبط ہو سکتی ہے! جب پورا الیکشن ذات اور مذہب کے نام پر لڑا گیا ہے تو میرے ساٹھ ہزار مسلمان کہاں گئے؟ میں پوچھتا ہوں میرے ساٹھ ہزار مسلمان کہاں گئے؟ یا تو میرے وہ ساٹھ ہزار مسلمان مجھے دیئے جائیں انہیں تو ضمانت کا پیسہ واپس کیا جائے!
ان کے چار ساتھی زور زبردستی انہیں جیپ میں ڈال کر لے گئے۔ گھر پر جاتے جاتے بھی وہ کہی چیختے گئے——
میرے ساٹھ ہزار مسلمان کہاں گئے۔ میرے ساٹھ ہزار مسلمان کہاں گئے.....
پھر ایک شاندار جلوس وہیں کلکٹری سے شروع ہوا تھا۔ جیپ میں مالتی جی ہاروں سے لدی ہوئی کھڑی تھیں۔ مرزا صاحب شان سے بغل میں کھڑے تھے۔ للو بابو ڈرائیور کے پاس بیٹھے تھے۔ میں ان کی بغل میں جما تھا۔ جگت سنگھ مالتی جی کے پیچھے تھا بھنڈاری جی بھی لٹکے ہوتے تھے۔ کچھ اور لوگ بھی جیپ میں بھرے ہوئے تھے۔ آگے آگے باجے والے تھے۔ سرجروں کو مالتی جی نے پیسے دلوا کر روانا کروا دیا تھا۔ نعروں کی آواز سے سڑک گونج رہی تھی۔ جگہ جگہ سے تماشبین لوگ کبھی پھول پھینک دیتے۔ کبھی نعرے لگا دیتے۔
بیچ بازار سے ہمارا جلوس گذرا تو میں نے دیکھا —— ایک پٹری پر مجمع بھیڑ کے کنارے پر ہی جگی بابو بھی کھڑے تھے۔ لوگ نعرے لگا رہے تھے اور میں نے دیکھا —— للی ادھر کی رونق دیکھ کر کچھ چکرائی سی کھڑی تھی اور چھوٹے چھوٹے ہاتھوں سے تالیاں بجاتی جا رہی تھی۔
اس نے اپنے پاپا سے کچھ پوچھا تھا... ادھر جلوس کی طرف کچھ اشارہ بھی کیا تھا۔ جگی بابو نے اسے کیا بتلایا تھا، یہ تو نہیں سن پایا، مگر اپنے اندازے سے لگا تھا کہ للی نے یہی پوچھا ہوگا —— پاپا! یہ کون ہیں؟
—— یہ ایک لیڈر ہیں۔ الیکشن میں جیتی ہیں!
ہماری جیپ آگے نکل گئی تھی۔ اور بھیڑ کے ساتھ ہی وہ دونوں بھی پیچھے چھوٹ گئے تھے۔
آدھی رات کے بعد ہنگامہ ختم ہوا تھا۔

دوسری شام کو ہی وہیں گولڈن سن ہوٹل کے بڑے لان میں شہر کی پبلک کی طرف سے مالتی جی کی شان میں ایک استقبالیہ جلسہ منتظم کیا گیا تھا۔ نرس سیٹھ نے خود جگی بابو کو بتا بتا کر سارا انتظام کروایا تھا۔ بڑی بیٹھ

بار بار کہتے جا رہے تھے۔ جگدیش جی! یہ تو ہماری خوش نصیبی ہے کہ آپ ہمارے ساتھ ہیں... آپ کو کیا کمی ہے......

—— آپ چھوڑیئے سیٹھ جی! میں سب انتظام کروا دوں گا۔ جگی بابو نے کہا تو نرسی سیٹھ بولے —— آپ شرمندہ مت کیجئے جگدیش جی.... آپ نے مجھے ایک دم اندھیرے میں رکھا... یہ تو آپ کا بڑپن ہے!

—— ارے اس بڑپن میں کیا رکھا ہے؟ جگی بابو نے کہتے ہوئے مزدوروں کو ہدایت دی —— سوفا اوپر اسٹیج پر....

شام ہوتے ہی بھیڑ پہنچنے لگی۔ للی تتلیاں پکڑنے بھی نہیں آئی۔ لان میں یہ تام جھام تھا میں نے ایک بار اوپر ٹیرس کی طرف دیکھا تھا۔ اس کے ریشمی بالوں والا معصوم سا چہرہ کارنس پر ٹھوڑی ٹکائے نیچے چل رہے سجاوٹ کے کاروبار کو دیکھ رہا تھا۔

شاندار جلسہ ہوا۔ اسٹیج پر ہم لوگ نہیں گئے۔ کیونکہ یہ شہریوں کا جلسہ تھا۔ کئی اسکولوں کے بچے بھی آئے ہوئے تھے۔ پہلا دوالیہ کی ٹیچر ہیں جنہوں نے بچیوں کو لئے کھڑی تھیں۔ خاص شہریوں کی بھیڑ اسٹیج پر تھی۔ ہم لوگ گھر والوں کی طرح ادھر ادھر گھوم رہے تھے۔ جگی بابو بیچ بیچ میں آتے تھے، مگر زیادہ وقت وہ اپنے کیبن کے اندر ہی رہے تھے۔

مجھے یہ اچھا لگا تھا کہ جگی بابو نے للی کو نہیں روکا تھا۔ وہ کچھ حیرت اور کچھ فطری معصومیت سے ادھر ادھر لوگوں کو تاک رہی تھی۔

کبھی پھدکتی ہوئی فواروں کے پاس چلی جاتی تھی۔

ایک بار جگی بابو نے اکر اسے بلایا تھا —— تو میرے کیبن میں چل کر بیٹھ.... میرے پاس...

—— نہیں پاپا... ہم دیکھیں گے! للی ٹھنکی تھی۔

—— آئس کریم رکھی ہے! جگی بابو نے اسے للچایا تھا۔

—— ہم آئس کریم نہیں کھائیں گے پاپا، پلیز! للی نے کہا تھا اور وہ ادھر چلی گئی تھی جہاں پندرہ بیس بچے پھولوں کے گلدستے لئے تیار کھڑے تھے۔

مالتی جی اسٹیج پر آئیں تو تالیوں کی گڑگڑاہٹ نے ان کا خیر مقدم کیا۔ ایک جلالت مآب شہری نے مائک سنبھالا اور تقریر دینی شروع کی —— دوستو! ہمارے شہر کی یہ خوش قسمتی ہے کہ ہم اپنے بیچ

سے، اپنے نمائندے کے طور پر مالتی جی کو ہماری رہنمائی کرنے کے لئے بھیج رہے ہیں . . . ان سے بہتر رہنما اور کون ہو سکتا ہے! تو آج اپنی اصلی کارروائی شروع کرنے سے پہلے میں ان تنظیموں کے لوگوں سے گذارش کروں گا جو مالتی جی کو ان کی اس شاندار کامیابی پر مبارک باد دینے کے لئے یہاں جمع ہوئے ہیں کہ وہ ایک ایک کر کے آئیں اور مالتی جی کو پھول مالائیں یا گلدستے یا کچھ اور وہ جو پیش کرنا چاہتے ہیں پیش کریں ....

ایک دوسرے شریف شخص نام پکارتے گئے اور تنظیموں کے نمائندے آ کر مالتی جی کو پھول پیش کرتے گئے۔ کچھ ہی دیر میں سلسلہ ٹوٹ گیا اور خاصی بھیڑ اسٹیج پر جمع ہو گئی۔ میں نے للی کو تلاشا ــــ وہ بھاگتی ہوئی اپنے پاپا کی کیبن کی طرف جا رہی تھی۔ کچھ دیر بعد وہ لفٹ سے نیچے آئی تھی۔ بیچ میں کیبن کے پاس جگی بابو نے اسے روکا تھا مگر وہ انہیں کچھ سمجھا کر، کچھ ضد کر کے سیدھی دوڑتی ہوئی جلسے میں چلی آئی تھی۔

اس وقت اسکولی بچے اسٹیج پر تھے اور مالتی جی کو گلدستے پیش کر رہے تھے۔ للی بے دھڑک اسٹیج پر چلی گئی تھی اور اس نے مالتی جی کی طرف اپنی آٹوگراف بک بڑھاتے ہوئے کہا تھا۔ میڈم! یور آٹوگراف پلیز!

مالتی جی نے لیڈر کی طرح مسکراتے ہوئے اس کی طرف دیکھا تھا۔ جگت سنگھ سے قلم لے کر آٹوگراف کیا تھا اور پیار سے اسی طرح اس کا گال بھی تھپتھپا دیا تھا جیسے وہ دوسرے اسکولی بچوں کے تھپتھپاتی رہی تھیں۔ للی ان کے دستخط دیکھتے ہوئے دوسری طرف سے اتر آئی تھی۔ اس کونے پر جگی بابو چپ چاپ کھڑے تھے۔ خون کے گھونٹ کی طرح اپنے آنسو پیتے ہوئے۔

للی نے بڑے اشتیاق سے جگی بابو کو اپنی کاپی دکھائی تھی۔ ہم نے آٹوگراف لے لئے پاپا... یہ دیکھئے....

ــــ ٹھیک ہے بیٹے! جگی بابو نے اداسی سے اسے تھپتھپا دیا تھا۔ اور وہ بے حد تھکے ہوئے سے اپنے کیبن کی طرف چلے گئے تھے۔

سجاوٹ کے لئے لگے غباروں میں سے للی نے ایک توڑ لیا تھا اور اسے اچھالتی کھیلتی وہاں کے پیچھے پیچھے چلی گئی تھی۔

جلسہ چلتا رہا۔ للو بابو نے مجھ سے کہا ــــ آج چائے کافی ہی چلتی رہے گی کہیے، چائے کافی پینے سے منہ کا ذائقہ بگڑ جاتا ہے.......

—— جگت سنگھ سے کہیں، شاید وہ آپ کے لئے کچھ انتظام کردیں ... میں نے کہا۔

—— اسے چھوڑو بھئیے .....

تبھی مرزا صاحب آ گئے، تپاک سے بولے — للو بابو! آپ نے ایسی شطرنج بچھائی کہ سب پٹ گئے... جواب نہیں ہے آپ کا۔ اصلی ہیرو تو آپ ہیں!

—— بھئیے، جیت جاؤ تو ہیرو، ہار جاؤ تو زیرو! اس وقت تو اپن زیرو بنے گھوم رہے ہیں . . . . کچھ انتظام ہو جائے تو اپن بھی ہیرو ہو جائیں بھئیے! للو بابو نے آنکھ دبا کر کہا۔

مرزا صاحب سمجھ گئے۔ بولے — ارے، کیا بات کرتے ہیں للو بابو۔ آپ کے لیے کسی چیز کی کمی ہو سکتی ہے؟ للو بابو نے فوراً خوراک لگی شیشی نکال کر مرزا صاحب کی شیروانی کی جیب میں سرکا دی — اسی میں رہے تو ٹھیک ہے۔ اور ایک پلیٹ سے مٹھی بھر دال موٹھ لے کر انہوں نے کاغذ کے نیپکن کی پڑیا باندھی اور میری جیب میں سرکا دی — پورا انتظام کر لیا جائے بھئیے!

ادھر اسٹیج سے تقریریں ہوتی رہیں۔

دھیرے دھیرے سب پرسکون ہو گیا۔ جلسہ ختم ہو گیا۔ ہم لوگ اپنے کاٹیج میں لوٹ آئے۔ مالتی جی بہت تھکی ہوئی تھیں۔ وہ سیدھی اوپر چلی گئیں۔

اب میلا اکھڑ رہا تھا۔ مالتی جی کو دلی جانے کی جلدی تھی۔ جگت سنگھ نے سب کاغذ وانغذ سمیٹنے شروع کر دیے تھے۔ بندا نے سامان سنبھال لیا تھا۔ ہم لوگوں نے اپنی چیزیں اکٹھی کر لی تھیں۔ حساب کتاب باقی رہ گیا تھا۔ بہت سے پیمینٹس ہونے تھے۔ مالتی جی نے صبح صبح ہی فون کر کے اوپر بلا لیا تھا۔ میں پہنچا تو انہوں نے کہا — میں تو کل جانے کی سوچتی ہوں .... یہ حساب کتاب آپ نپٹاتے رہئے گا ...

—— سب حساب کتاب میں کیسے نپٹا پاؤں گا! میں نے خاص مصلحت سے بات کہی تھی۔

—— کیوں؟ ایسا کون سا بڑا حساب کتاب ہے؟ جو ضرورت پڑے بتا دیجئے گا — دلی سے بھیج دوں گی — مالتی جی بولیں۔

—— وہاں سے وہ نپٹ نہیں پائے گا! میں نے کہا تو انہوں نے غور سے مجھے دیکھا۔

—— میں سمجھی نہیں۔ وہ بولیں۔

—— شاید آپ کو معلوم نہیں... للی آئی ہوئی ہے۔ دو ایک دن میں ہی واپس اپنے اسکول چلی جائے گی۔

—— للی... وہ کہاں ہے؟ سچ مچ..... وہ موم کی طرح پگھل اٹھی تھیں۔

—— جی! آپ اسے پہچان بھی نہیں پائیں.....

—— کب، کہاں... مجھے پتا ہی نہیں... بالکل نہیں معلوم! وہ پریشان ہو کر بولی تھیں۔

—— کل جلسے میں جو بچی آپ کا آٹوگراف لینے آئی تھی.....

—— اوہ! وہ بہت گہری سانس لے کر رو پڑی تھیں۔ جب کچھ پرسکون ہوئیں تو خلا میں دیکھتی رہی تھیں۔ میری زندگی کیا ہو گئی ہے! اوہ.... آنسو پونچھ کر کہنے لگیں —— اوپر ہو گی.... چلئے چلیں گے ذرا......

ہم اوپر پہنچے تو جگی بابو کا دروازہ بند تھا۔ دھیرے سے کھٹکھٹایا تو کوئی آواز نہیں آئی۔ میں نے کھڑکی سے جھانک کر دیکھا! للی اور جگی بابو —— دونوں سو رہے تھے۔ للی کا ایک بازو جگی بابو کے سینے پر رکھا ہوا تھا۔ پنکھا چل رہا تھا اور ایک چھوٹا سا لال غبارہ ہوا کے جھونکوں سے ادھر ادھر اڑ رہا تھا۔ میں نے اشارے سے مالتی جی کو بلایا تھا۔ مالتی جی کھڑکی کی چھڑیں پکڑے ایک ٹک دیکھتی رہ گئی تھیں وہ مورت کی طرح بے حس ہو گئی تھیں۔

میں جیسے تیسے انہیں لے کر لوٹ آیا تھا۔

مالتی جی بھیانک ہلچل میں پھنسی ہوئی تھیں۔ ان کی سمجھ میں کچھ نہیں آیا تو وہ نہانے چلی گئیں۔ نہا کر باتھ روم سے نکلیں تو بالکل گرہستن کی طرح لگ رہی تھیں۔ میں نے انہیں غور سے دیکھا... کہیں کچھ بدلا ہوا تھا۔ اور تب اچانک میرا دھیان ان کے چہرے کی طرف گیا تھا —— صاف دھلا ہوا چہرہ۔ کھلے ہوئے بال.... اور ماتھے پر ایک لال چھوٹی سی بندی۔ اس وقت انہیں کوئی دیکھتا تو پہچان ہی نہیں پاتا کہ یہ وہی مالتی جی ہیں۔ آتے ہی انہوں نے فون اٹھایا۔ کیا نمبر ہے؟

—— جگی بابو کا؟ ٹو سیون ایٹ!

انہوں نے فون ملایا۔ انگیز کی آواز آئی —— انگیز ہے....

—— تو جاگ گئے ہیں۔ چلیں گے ذرا ۔ ۔ ۔
—— جاگے تو نہیں ہوں گے ۔ جگی بابو سونے سے پہلے رسیور اٹھا کر نیچے رکھ دیتے ہیں۔ میں نے کہا۔
تب تک ننہار نے آکر خبر دی —— چودھری صاحب ملنے آئے ہیں۔

مالتی جی کو ان کا آنا بہت اچھا نہیں لگا۔ ابھی وہ بے من سے چودھری صاحب سے ملنے کے لیے تیار ہو رہی تھیں کہ پتا چلا دو نئے لوگ اور آ گئے ہیں۔ للو بابو بھی لپکتے ہوئے آ گئے تھے۔ مالتی جی کو ان سے ملنے کے لئے باہر والے کمرے میں جانا ہی پڑا۔ انہوں نے بال باندھے، ساڑی ٹھیک کی اور دیکھتے دیکھتے ان کی پوری شخصیت بدل گئی۔
چودھری صاحب نے کہا —— ارے، اب ہمارے گاؤں تک پکی سڑک کبھی نہیں بنے گی کیا؟ ان کے بولتے ہی مجھے دعوت والا وہ نظارہ یاد آ گیا جب وہ دال لگھی اور ہری مرچ مانگ رہے تھے۔ انہوں نے بات جاری رکھی —— اب تو آپ جیت گئی ہیں ۔ ۔ ۔ اب بھی سڑک نہیں بنے گی کیا؟
مالتی جی کی شخصیت کیسے بدلتی ہے، یہ میں نے بخوبی اسی وقت دیکھا تھا۔ دوسرے صاحب بساطیوں کی طرف سے آئے تھے۔ بولے۔
—— جی، وہ تحصیل کی پٹری پر ہم سولہ سترہ بساطیوں کی دکانیں ہیں۔ امیونسپل بورڈ نے آرڈر جاری کیا ہے کہ دکانیں ہٹائی جائیں۔ ہم غریب لوگ ہیں ۔ ۔ ۔ آپ ہی بتائیے، کہاں جائیں گے؟ اگر آپ کلکٹر صاحب سے کہہ دیں اور کلکٹر صاحب چیرمین صاحب سے کہہ دیں تو ۔ ۔ ۔ وہ صاحب ہاتھ ملتے کھڑے ہوئے تھے۔
—— کیوں بھیئے، الیکشن مہم کے دوران ہم اپنا جھنڈا لگانے گئے تھے، تب تو آپ لوگوں نے ڈرو دراکے بھگا دیا تھا۔ جن کا جھنڈا لہرایا تھا ان ہی سے کہو جاکر ۔ ۔ ۔ وہ کلکٹر صاحب سے کہیں، کلکٹر صاحب چیرمین صاحب سے کہیں، سمجھے بھیئے! للو بابو نے بنا ہچکے بساطیوں کی طرف سے آئے آدمی سے کہہ دیا تھا۔
بساطیوں کے نمائندے کا چہرہ اتر گیا۔ وہ مالتی جی کی طرف دیکھتا رہا کہ شاید کچھ بات بن جائے ——
مالتی جی نے سیدھا جواب دے دیا —— اس میں میں کیا کر سکتی ہوں؟ یہ چنگی والوں کا معاملہ ہے!

وہ جلدی سے جلدی سب کو ٹرخا دینا چاہتی تھیں۔

آخر ہم سب سے نپٹ کر پھر اوپر پہنچے۔ للی صابن کے بلبلے بنا رہی تھی۔ جگی بابو تیار ہو رہے تھے۔

—— آیئے۔ جگی بابو نے بہت قاعدے سے کہا۔

للی انہیں دیکھتی رہ گئی۔ مالتی جی کی آنکھیں للی پر ہی الجھی رہ گئیں۔ للی اپنے بلبلے بنانے میں مشغول تھی بڑے مشکل لمحے تھے۔

جگی بابو نے ٹائی باندھتے ہوئے پوچھا ــــ کہیئے۔ کوئی اور ضرورت ہو تو میں آپ کے کسی اور کام آ سکتا ہوں!

ایک لمحہ کے لیے بھیانک سناٹا چھا گیا۔ پھر ٹوٹتی سی آواز میں مالتی جی نے کہا۔ لی...لی...بے...

—— للی بیٹے، دیکھو یہ تم سے ملنے آئی ہیں۔ ادھر آؤ! جگی بابو نے بات بہت آسان کر دی۔ للی صابن کی شیشی رکھ کر ان کے پاس آ کر ٹھٹھک گئی۔

مالتی جی کا بند ٹوٹ گیا۔ مالتی جی نے اسے پیار سے گود میں سمیٹتے ہوئے گیلی آنکھوں کو جھپکتے ہوئے کہا۔

بیٹے، میں.....میں .....

تمہاری ماں ہوں!

—— جی! للی نے بے حد معمولی طریقے سے کہا اور باری باری سے اس نے ہم تینوں کو آنکھ اٹھا کر دیکھا، جیسے وہ مالتی جی کے الفاظ کے معنی ہی نہ سمجھی ہو۔

تم میری بیٹی ہو... میری! مالتی جی نے اسے پیار کرتے ہوئے کہا۔

—— جی! للی نے ایسے جواب دیا جیسے اسکول میں کسی سخت ماسٹرنی نے سوال سمجھا کر پوچھا ہو۔ سمجھ میں آ گیا؟

—— تم مجھے پہچانتی ہو؟

—— جی! للی نے اسی طرح کہا تھا اور کسمسا کر وہ ان کی بانہوں سے نکل گئی تھی

—— اچھا ہوا کہ تم آ گئیں! جگی بابو نے ماحول کی بے حسی کو پھر توڑا تھا —— ایک دن للی کے سامنے مجھے سب صاف کرنا تھا۔ اسے بتانا تھا کہ تم نے اسے جنم تو دیا ہے، مگر تم اس کی ماں نہیں ہو! اچھا ہوا کہ وہ وقت آج ہی آ گیا..... اس اچانک اور ناگہاں آئے طوفان کے بعد پھر کسی نتیجے پر پہنچنا ضروری ہو گیا تھا.....

—— کیا نتیجہ ؟

—— یہی کر للی بھی سچائیوں کو جان لے !

—— کیسی سچائیاں ؟

—— ہوں ! جگی بابو طنز سے مسکرائے تھے —— یہی جو سامنے ہیں۔ للی بھی جان لے کہ تم کیا ہو....
اب وہ سمجھدار ہو رہی ہے....

—— ماں کے علاوہ اور میں کیا ہو سکتی ہوں اس کے لئے !

—— جو کل تھیں .... جب اس نے آٹو گراف لیا تھا .... وہ بھی تو سچائی ہی تھی۔ نہیں ؟
جگی بابو نے کہا تھا۔

—— مجھے کچھ بھی معلوم نہیں تھا ..... مالتی جی دکھی لہجہ میں بولی تھیں۔

—— اسے بھی نہیں معلوم تھا !

سناٹا پھر چھا گیا تھا۔ للی معصوم نگاہوں سے سب کچھ دیکھ رہی تھی —— وہ جیسے سن کچھ نہیں رہی تھی۔
مالتی جی نے آنکھیں پونچھ لی تھیں۔ جگی بابو نے سخت نظروں سے انہیں دیکھا تھا۔ پھر کچھ اٹک کر بولے تھے۔
میرے خیال سے تم مجھے للی کا واسطہ دے کر کسی نتیجے پر پہنچنے کے لئے مجبور نہیں کرو گی !

—— آپ مجھے پوری طرح ذلیل کر لینا چاہتے ہیں۔ مالتی جی کی آواز میں تھوڑی سختی تھی۔

—— اور تم مجھے پوری طرح استعمال کر لینا چاہتی ہو .... دیکھو مالتی، اب میری تکمیل .... میری زندگی کی منزل للی کے سفر میں ہی پوری ہوگی۔ مجھے اپنے مکمل ہونے کا احساس للی کے ذریعے ہی ملے گا۔
اور تمہاری منزل کی سفر میں نہ للی کی کوئی جگہ ہے، نہ میری۔

—— سنئے، آپ للی کو لے کر دہلی آ سکتے ہیں ؟

—— کس لئے ؟

—— مجھے کل جانا ہے .... اگر آپ آسکیں تو ....

—— للی کو بھی کل جانا ہے ! دیکھو مالتی، زندگی میں ہر چیز نہیں ملتی۔ آدمی کو چناؤ کرنا پڑتا ہے کہ اسے کیا چاہئے ! اس انتخاب میں جو چیزیں چھوٹ جاتی ہیں، ان کے لئے دکھ نہیں کرنا چاہئے ! تم نے جو ٹھیک سمجھا .... اسے چن لیا تھا۔ میں نے جو ٹھیک خیال کیا، وہ چن لیا تھا۔ اب پچھتانا کیسا ؟

——— پچھتانا۔۔۔۔مالتی جی کی بات ادھوری رہ گئی تھی۔

——— ہاں مالتی، پچھتانے میں کچھ نہیں رکھا ہے، جیتنے والا تو جیتتا ہی ہے، ہارنے والا بھی ایک دن جیت جاتا ہے ... لیکن پچھتانے والا ہمیشہ پچھتاتا ہی رہ جاتا ہے۔

——— میں پچھتا نہیں رہی ہوں!

——— یہی ٹھیک ہے! اس لیے یہ اور بھی ٹھیک ہے کہ ہم بار بار پچھتانے کے لئے بار بار نہ ملیں۔۔۔۔ ہم جب جب ملے۔۔۔۔ پچھتاتے ہی رہے۔ بہتر ہے کہ ہمارے سامنے جو کچھ ہے اسے ہمت سے قبول کریں۔ جو ہے، وہ ہے! جو نہیں ہے، وہ نہیں ہے!

——— ہاں ——— جو ہے، وہ ہے۔ جو نہیں ہے، وہ نہیں ہے! مالتی جی نے بہت گہری سانس لے کر کہا تھا

——— پھر بھی تم ہو، میں ہوں اور للی بھی ہے۔۔۔۔ لیکن ہم اپنی اپنی جگہ پر ہیں! آج کی زندگی اتنی زیادہ الجھنوں سے بھری ہوئی ہے مالتی کہ اپنے سب جذبات کے لیے، اپنی سب خواہشات کے لیے جی سکنے کا پورا پورا وقت کسی کے پاس نہیں ہے۔ ٹکڑوں ٹکڑوں میں جینا اور پچھتانا ... کیا رکھا ہے اس میں! جگی بابو نے کہا تھا اور وہ کوٹ پہن کر تیار ہو گئے تھے۔

مالتی جی انہیں اٹھتا دیکھ کر خود بھی کھڑی ہو گئی تھیں۔

——— مالتی۔۔۔۔ اتنے دنوں اکیلا رہ کر میں نے یہی سوچا ہے۔ تمہیں اپنی تیز رفتار دوڑتی زندگی میں سوچنے کا وقت ہی کہاں ملا ہے؟ مشینیں نہیں سوچتیں، مشینوں کے لیے آدمی سوچتا ہے! اور کامیابی۔۔۔۔ کامیابی صرف ایک مشین ہے! اب تم عورت نہیں ——— ایک کامیابی بن گئی ہو۔ اب تم بھی کچھ نہیں ہو۔ صرف کامیابی رہ گئی ہو۔۔۔۔ اب تمہاری نجات اور زیادہ کامیاب ہوتے جانے میں ہے۔۔۔۔ اور کوئی راستہ نہیں ہے۔ یہی تمہارا واحد راستہ ہے ... جگی بابو بولے تھے۔

مالتی جی نے آنکھیں بھر کر انہیں دیکھا تھا۔ للی کو دیکھا تھا۔ آگے بڑھ کر انہوں نے بہت پیار سے للی کو چوما اور بری طرح رو پڑی تھیں۔ پھر آنکھیں پونچھے بغیر ہی انہوں نے جگی بابو کو نمستے کی تھی اور آنچل منہ میں دبائے باہر آ گئی تھیں۔

انہیں کمرے میں چھوڑ کر میں نیچے چلا آیا تھا۔ کمرے میں گھستے ہی انہوں نے اتنا ہی کہا تھا۔ گر سرن جی! آج میں کسی سے بھی نہیں مل پاؤں گی۔ جو بھی آئے سمجھا دیجئے گا۔

دوسرے دن مالتی جی کو جانا تھا۔ اسٹیشن پر بہت بھیڑ جمع ہوئی تھی۔ وہی ہار اور پھول۔ جگی بابو بھی للی کو پہنچانے جا رہے تھے۔ دونوں کی گاڑیاں پانچ منٹ کے فرق سے چھوٹتی تھیں۔ دو سمتوں کو جانے والی گاڑیاں! ایک دہلی، دوسری پچمڑھی۔ جگی بابو للی کو لئے ہوئے آئے تھے۔ للی کی پتلی انگلیوں میں کھانے کا پیکٹ جھول رہا تھا۔۔۔ وہی گولڈن سن والا۔ جگی بابو نے خاموشی سے وہ پیکٹ بند کو تھما دیا تھا اور للی کو لئے ہوئے اپنی گاڑی کی جانب چلے گئے تھے۔

مالتی جی کی گاڑی جب چھوٹی تو وہ بھری آنکھیں لئے دروازے پر نمستے کرتی کھڑی تھیں اور نعرے لگ رہے تھے۔۔۔ مالتی جی! زندہ باد! مالتی جی! زندہ باد!

انہیں وداع دے کر میں جگی بابو کی گاڑی پر آ گیا تھا۔ للی اپنی وہی صابن کے بلبلوں والی شیشی لیے کھڑکی کے پاس بیٹھی تھی۔ آخر ان کی بھی گاڑی چھوٹی۔ للی بلبلے اڑاتی چلی جا رہی تھی۔ جگی بابو چپ چاپ کہیں دیکھ رہے تھے۔

میں بھاری قدموں سے لوٹ رہا تھا۔ کانوں میں 'مالتی جی! زندہ باد' کے نعرے گونج رہے تھے اور لگ رہا تھا کہ اب اپنی کھڑکی کی چھڑیں پکڑے مالتی جی کو شاید وہی نظارہ دکھائی دے رہا ہوگا جو انہوں نے کل صبح کھڑکی سے دیکھا تھا۔ للی اور جگی بابو گہری نیند میں سوتے ہوئے۔ للی کا نرم بازو ان کے سینے پر رکھا ہوا اور ہوا کے جھونکوں میں ادھر ادھر ٹکراتا ہوا لال غبارہ۔۔۔۔ فون کے نیچے رکھا ہوا ریسیور۔۔۔ اور جگی بابو۔۔۔ وہ شاید دیکھ رہے ہوں گے۔۔۔۔ للی کو پیار کر کے ایک دم پھوٹ پھوٹ کر رو پڑنے والی مالتی جی کو۔۔۔ یا اپنا گلاس چھپا لینے والی مالتی جی کو۔۔۔۔ یا للی کو آٹوگراف دینے والی مالتی جی کو۔۔۔۔

اور للی صابن کے بلبلے اڑاتی اپنے میں مست ہوگی۔

اس کے سوا وہ تینوں اور کیا کر رہے ہوں گے!

★ ★ ★

منتخب یادگار افسانوں کا ایک مجموعہ

کملیشور کے چھ افسانے

مرتبہ : اعجاز عبید

بین الاقوامی ایڈیشن منظر عام پر آ چکا ہے